二十四节气

袁小楼 著

生

Live Nature

立春
雨水
惊蛰
春分
清明
谷雨

立夏
小满
芒种
夏至
小暑
大暑

立秋
处暑
白露
秋分
寒露
霜降

冬至
小寒
大寒
立冬
小雪
大雪

文化艺术出版社
Culture and Art Publishing House

袁小楼

又名孔治超

20世纪70年代生人，祖籍山东省曲阜市，孔子第75代传人。现居北京。新画种“自然泼彩”创始人。任中国国际交流协会理事，文史研究员，中华世纪坛世界艺术中心艺术创新实验室主任。举办个展：欧盟委员会（法国）；第24届国际地理节（法国）；中法建交50周年（法国）；中华世纪坛《无相》系列作品展。作品被欧盟委员会、南京大屠杀遇难同胞纪念馆收藏。出版散文集《江湖残卷》《一路向西》《南京不哭》《无相》。2018年中国嘉德首拍《奔月3》以55万元成交；创新作品《广陵散》2019年嘉德春拍以63.25万元成交；2020年参加“至诚—中国嘉德网络公益拍卖”活动。代表作品有油画《南京不哭》、水油融合作品《24节气·花卉篇》、自然泼彩作品《无相》系列等。

光阴赋

亘古星河，宙若芥子，浮游于苍穹。龙盘壳内，开天辟地，乾坤始分阴阳；龙虎蟠踞，五洲四洋，世界各列其章。星移斗转，沧海桑田八荒；四时潜演，蜿蜒逶迤浩汤。始祖伏羲，一画开天；周公演《易》，群经之首。夫子曰：太极，乃万物之母。何为中华？源于“太极”。太极为中，上极为华。阴阳以为道，其大无外，其小无内；孤阴不生，独阳不长；阴阳交合，生生不息。秦淮先民，察物候之变易以推时令，依节气之更替以兴农事。外张为阳，内缩为阴。春启为元，夏长为亨，秋闭为利，冬藏为贞，四节八气乃定。秦汉大成，黔首服膺。岁时流转，太史公议，平修《太初历》乃得善遵。

节气归律，老黄有纲，首令冬至，节起小寒，大寒极阴，阴极阳生，物候应照，春草萌动。万物闻惊雷而蛰醒，百姓茹寒食而祭祖。生华于野，其德顺长，寒暑趋平，阴阳参商，风滋雨润，玄鸟翩翔，条风始至，骤然嚣张，夏候盛昌，满盈泽浆；火怒三伏，灼赤日而焦土；秋色平分，收金穗于原乡。俄而，阴气起，君道弱，气刑伤，凝霜祭藏；雷收蛰伏，天地萧肃，寒彻九天，凛冽风悲；鸿渺倦影，色苍而凋，倏乎，天道疆，萍踪灭，生机绝。万物伏敛，蓄锐而养，否极泰来，一元复始，宇宙圆通周流。中华讲信修睦，容和兴邦，节令人类共享。万物有序，得和以生，得养天成，万邦恭祝，世界斯馨无恙！

撰写于丙申腊月

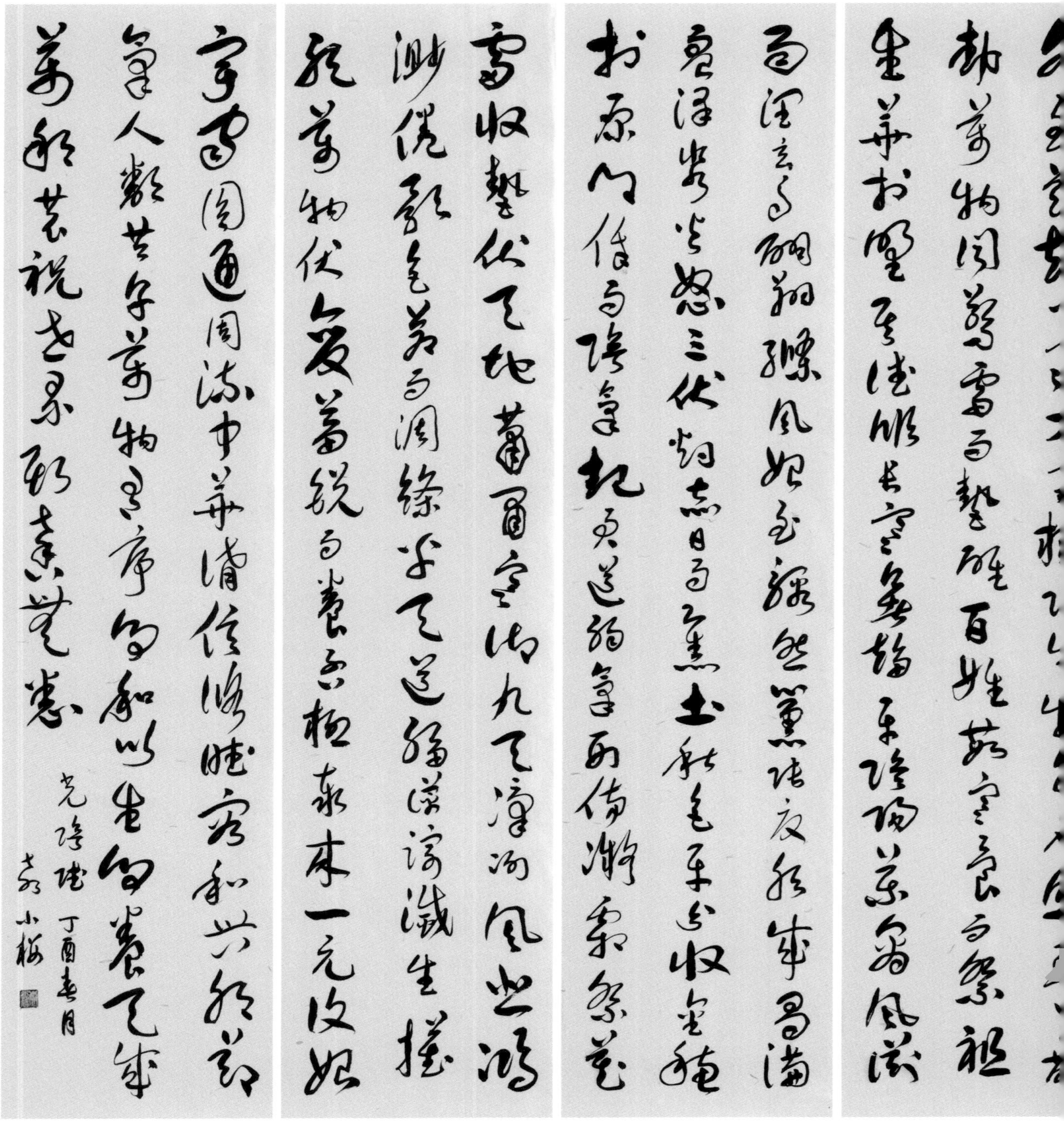

光阴赋　140cm×33cm×8

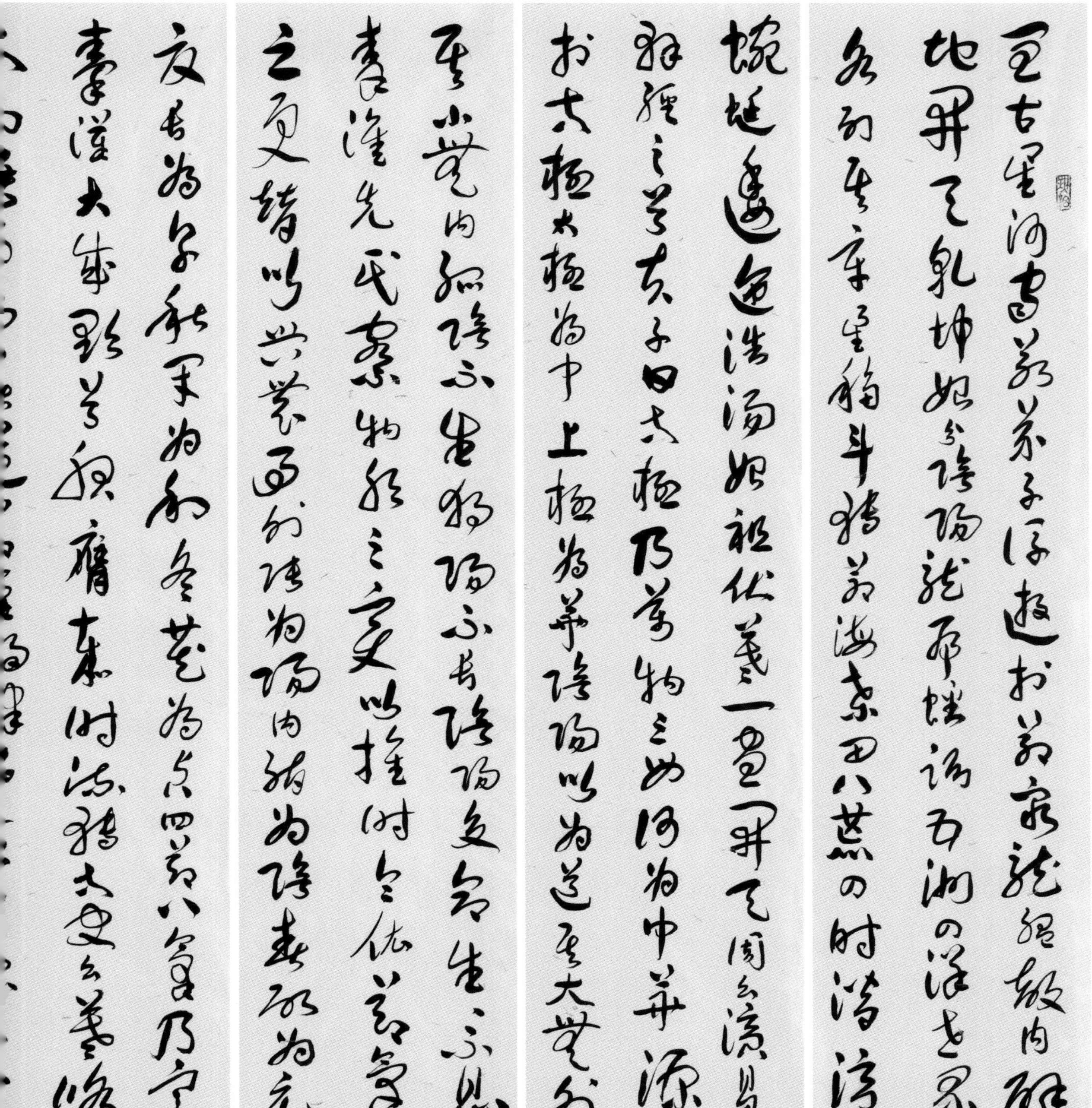

光阴故事

一呼一吸谓之命，气存则生，无息则亡。又云：气存息散，世人曰：行尸走肉。命为何物？生又何为？红尘凡夫，不做思考，诿以忙而拒，任岁时流转，直死不觉。

某日偶与妻吵，失态自虐，以头撞墙，以为作死。痛欲裂，不曾死。恍若开悟：慕街头痴癫者，寒暑不死，饥饱无畏，病穷不惧。自生至死，命为何物？不思，不惜，滞留三千红尘，只作快乐状，倒也潇洒自若。

回想数月前作文写诗，提笔不知以何开篇，以为才枯，焦虑不安，苦思冥想，不得要令，复而搁置，一搁再拖，数月有余。今撞墙头痛之余思想活跃，忽觉才思泉涌，故而疾书，一气呵成。

作《光阴赋》，以为天地万物始于阴阳。华族人以和为贵，薪火传承，复阅史而知盘古大帝开天辟地始定乾坤；又七千年，上古始祖伏羲，一画开天定八卦。而后又是中古周公注解六十四卦而成《易经》。《易经》为百经之始，广大精微，无所不包：其大无外，其小无内。史至圣太公夫子阅《易经》，敬始祖。虽删《书》《诗》，修《礼》《乐》而成《春秋》，且为《易经》作传《十翼》，又为《易》定名曰：太极。自此得以千年递迢，盛传不衰。

二十四节气源于黄淮流域，百姓依太阳黄道而晓万物循环往复。万物盛衰生长不离阴阳二气。人乃恒温动物，先惧极寒，其次灼暑。据传首节冬至乃周公土圭测影而得。至秦确立，西汉太初元年（前104），太史公提议，邓平修订《太初历》则历法完善。

想我黄河边一浪子，浑浑噩噩，浪荡半生，少年愚狂，不学无术，无缘学府，为生存自习书画文章，不得要领，只知皮毛，不成正统。每每出书不敢造次，诚惶诚恐，如履薄冰。今已过不惑之年，深谙世理，不敢背律而动。以亘古岩画创作油画，因不明故，不妄下笔，焦灼惶恐，四海问道，时历十年完成《远古呼唤》系列，三年前（2013）远赴欧洲展出；后由《远古呼唤》系列演变出《色·空》系列，萌生《二十四节气》系列。其间，壮游欧洲，阅世界传世经典，半梦半醒，似有萌动，顿觉开蒙。某日，因友一语心动，创油画《南京不哭》，亦历三年，八易其稿，为画寻得归宿，复以同名《南京不哭》文释心境。

回首经年，皆顺时而动，不违天地人三正，以为物当复生，顺其律而动。不知是否天意还属巧合，《岩画》《南京不哭》《二十四节气》系列绘画之元素，皆于2016年先后被列入联合国教科文组织世界非物质文化遗产名录。甚喜！

人生不过悲欣旅程，生者自律，死而自然。我十余年前参与修缮广宗寺，以为与仓央嘉措隔世神交，混沌开悟。然我并无佛家慧根，依旧红尘炼心，在觉我、觉他中渐悟。与妻争，小悟开蒙。信手于2016年倒数三日，暂可谓春之祭，以慰我心。

撰写于丙申腊月

目录

节气

每个事物的诞生都有一个过程，有源头，有传承，如黄河、长江源于昆仑山；中华文脉从先秦的老庄哲学到汉赋、唐诗、宋词、元曲、明清小说，中国传统文化都有一个清晰的脉络。

二十四节气，源于黄淮流域，依自然律，顺太阳黄道运行规律，找到恒定规律，再经年累月观察、对照，从天象、地理、季节、气候变化中不断完善、整理、发掘，最终形成自然科学典籍。

节气，上古文献分两种历法，一为四时之历，即春、夏、秋、冬，流传至今；二为五行之历，以金、木、水、火、土五气之行划分为五季（失传于东汉）。五行之历，乃行五气之运，《尚书·洪范》疏引汉儒郑康成："行者，顺天行气。"《孔子家语·礼运》："播五行于四时，和四气而后月生。"古人以五种物质为象征，认为用木之季在于春，春乃天地复苏，万物得阳而生，故五行春为生；水为雨，则（夏）以雨而滋成物旺盛；火季则为暑（长夏），万物荣华；寒（金）为祭在冬，成物藏伏，以祭祀天地，休养生息，待阳气发生。《春秋繁露·五行相生》："天地之气，合而为一，分为阴阳，判为四时，列为五行。行者，行也，其行不同，故谓之五行。"

夏商，季节不称"季节"，商代称之为"旬"，夏代谓之"时"。至于四季中的春秋季是在周代方才使用。夏冬季至西汉使用。春秋为时代，夏是朝代借用名，冬即终。

据《管子》记述，一年分为五旬，一旬为一季，一季有七十二日。

所谓“五季”，即五行历法，一年分五季，每季七十二天，其中每一季又分阴阳，每部分为三十六天，一年十蔀即360天。十蔀，即十个节气，或曰“季”，或曰“节”，或曰“月”。《管子·五行》载：“然后作立五行以正天时，五官以正人位。人与天调，然后天地之美生。日至，睹甲子木行御。……七十二日而毕。睹丙子火行御。……七十二日而毕。睹戊子土行御。……七十二日而毕。睹庚子金行御。……七十二日而毕。睹壬子水行御。……七十二日而毕。”也就是说：从冬至甲子至乙亥七十二日为木行，继之丙子至丁亥七十二日为火行，继之戊子至己亥七十二日为土行，继之庚子至辛亥七十二日，最后是壬子至癸亥七十二日毕，恰是六个干支周期的结尾，共三百六十日整。

古人认为太阳与季风是形成五季变化的原因，故《礼记·礼运》载：“天秉阳，垂日星；地秉阴，窍于山川。播五行于四时，和而后月生也。是以三五而盈，三五而阙。五行之动，迭相竭也，五行、四时、十二月，还相为本也。”对应四季，天有五行，是故木居乐而主春，东风来时，春季降临，万物复醒。西风来临，秋季降临，万物熟透而始衰败，肃杀。南风降临，雨随暑而至，万物兴盛长旺；北风临时，寒随风到，冬季来临，万物伏敛。酷暑无风则为盛夏，亦称之为长夏，以焦土为象。

01

中国自古以农为本，以农立国，农耕生产有很强的季节性，春种秋收，夏耘冬藏，周而复始，循环往复。故探寻总结节气规律必不可少，节气就是解决上古先民的农事问题。

节气是上古天文历法的起源，远古先民掌握农业生产特点的知识。据《大戴礼记·夏小正》记载，相传黄帝、颛顼、夏、商、周、鲁六家历法。殷墟甲骨文中有历法纪年，《尚书·尧典》中有节气划分，初萌于西周，战国发展为二十四节气。

02

相传人类太始祖盘古开天辟地，随之诞生了乾坤阴阳，清为乾，浊为坤。又七千年前，华夏人文始祖伏羲，从风雨雷电，天泽山火找到规律，一画开天定八卦，告知苍生，凡事皆有律，万物皆由阴阳相生。

始祖伏羲是把宇宙中潜在的最基本的秘密告诉天下苍生，给了苍生解开世间万物的钥匙。《易经》则更深层地阐述了阴阳中的六十四个卦，就是解开乾坤万物构成秘密的密码。后有老子《道德经》，“道生一，一生二，二生三，三生万物，万物负阴而抱阳”，把阴阳阐述得更到位，打开了乾坤宝库让苍生知晓了阴阳。至圣夫子删《书》《诗》制定《礼》《乐》，修《春秋》。夫子读《易》慕敬赞美，为《易》而书《十翼》，并曰：太极。太极，天地万物之母。

03

上古先民从自然中获取信息，把世间万物分为阴阳两极：天为阳，地为阴；白天为阳，晚上为阴；生为阳，死为阴；男为阳，女为阴……不一而足。阳就是外张，阴就是内缩。一阴一阳谓之道，阴中有阳，阳中有阴，负阴抱阳，阴阳平衡，万物可生。阴阳一极满，则一极必亏。宇宙万物若要生生不息，定要阴阳互动，不可全阳，不可全阴。孤阴不生，独阳不长。

节气变化实则阴阳二气轮回，春夏补阳，秋冬滋阴，对立出现。一年分上、下半年，正是阴阳二气分割。上半年为阳，下半年为阴。夏至刚好过半，阳极阴生（一阴生）。冬至对应夏至，阴极阳生（一阳生）。夏至和冬至平分黄道圈，就形成了一分为二的阴阳之道，同时阴阳二气奇数为阳，偶数为阴。

春分与秋分昼夜大致平均，以此二点为界，又将周天分为上下两半，二分（春分、秋分）与二至（夏至、冬至），便将地球二分为四，形成了四季。又据黄淮气象特点，将阴阳衍化为三阴三阳六气，也就是医学上讲的“三阴三阳”。进一步将一年十二个月分成六阴六阳，日月更替以月为六阴。

十一月冬至日，南极阳来而生，北方阴冷属水，阴极生阳，由一阳生，故一阳为水。

五月夏至日，北极阴进而阳退，南方酷热属火，阳极阴生，由一阴生，故五六月的二阴是火的生数。

冬至后阳气渐进，至正月万物勃发，以太阳升起的东方和木为象征，故三阳生是木的生数。

夏至后阴气渐长，到八月后万物肃杀，正值四阴之数，以日落之处的西方和具有收敛作用的金为象征，故四是金的生数。

节气就是阴阳二气相互博弈，对应而来，春夏养阳，秋冬养阴，如二月雷发声，八月雷收声。上古先民认为行云布雨的龙在春分登天（龙抬头），秋分潜渊。云和雨在春时形成，而随秋季消减，春分祭日，秋分祭月。春分时节燕子至，白露时节燕子归。上古先民是从燕子的迁来归去中品读节气的变化，季节的更替。夏至祭日，冬至拜月。三伏对应三九。立春时节，蛰虫尚未春暖便开始蠢蠢欲动，而在秋分时，尚未秋寒便封塞巢穴。因此认为生命是永恒的，一个物候到另一个物候的转化就是阴阳的转化轮回。

04

首节冬至。陈久金先生指出：中国上古最为古老的五行十月历的月名，当依《尚书·洪范》五行所排列的顺序来命名，从夏至到新年开始，经水火木金土五个月，到冬至新年；再经水火木金土五个月，又回到夏至新年。一年十个月分别配以公母，便成一水公，二火母，三木公，四金母，五土公，六水母，七火公，八木母，九金公，十土母。

冬至为一年之始。汉代蔡邕《独断》:“冬至阳气起,君道长,故贺;夏至阴气起,君道衰,故不贺。”《礼记·月令》中亦有相同观点:“日短至,阴阳争,诸生荡。”太史公司马迁《史记·律书》:“气始于冬至,周而复始。”《周礼·地官·大司徒》记载:“以土圭之法,测土深,正日景,以求地中。”把一年中正午时分影子最长的一天定为冬至,把正午时分影子最短的一天定为夏至。

夏至,阴生始,《群芳谱》云:“阴气渐长,暑将伏而潜处也。”处暑催熟万物后潜藏,此时阴气弥散,万物开始凋谢。盛夏时的艳丽喧闹在处暑时尽显疲态,显露残枝败叶之景。

处暑,正是暑热的终结者,而大寒、小寒则是极阴阳生。凛冽朔风,冰冷刺骨,沉睡大地孕育万物,待春始而动。

谷雨,时雨将降,浮萍生长,布谷催耕,接近春的尾声。谷雨至,春寒渐远,柳絮飞落,残花落尽,别春迎夏,尽显盎然。谷雨采茶季节。现代都市生活快节奏,人们无暇感知节气变化,只能从茶的汤色中感受春的盎然,夏的激情,秋的繁华,冬的萧瑟。

芒种过后,夏至接踵而来,凉爽的风与和煦的阳光渐行渐远,空气中愈演愈烈的是潮湿闷热。阳气到了鼎盛,阴气渐生,喜阴的动植物开始出现,而阳性生物开始衰败。

白露，鸿雁来，玄鸟归，群鸟养羞。三秋时节可知秋高气爽，玉露凝霜，正是稼穑之忙。

霜降时节，是真正秋的终结，既而进入冬的肃杀，万物蛰藏，乃孕来年春之祭。

值得一提的是，在节气中唯有清明既是节气，又是节日。清明，水到美则曰清，月双悬则曰明。清明又融合了上巳节、寒食节、三月节等。清明，形成于唐，盛于宋，流传至今。清明节，天地间，温暖清和，一阴一阳，祭亡佑生。

05

节气诞生后，先民们又根据节气时令变化找到花卉、树木、鸟兽等对应的物候，故七十二物候也应节气而生。《诗经》《大戴礼记·夏小正》《淮南子》《逸周书》都有完整记载。

上古先民记录植物萌芽抽枝，开花结果，凋零萧瑟，同时也记录了一年中风、云、花、鸟的推移变迁。总结五日为一候，三候为一节，六节为一季，四季为一岁，草木荣枯，候鸟来去等行运之规。

此外，聪慧的先民们发现季节轮回，对应的正好是：青、赤、黄、白、黑五帝色。依据季节变化的颜色界定阴阳二气的变化。冬至阴极阳生，黑色变蓝色，绿色变红色。夏至，阳极阴生，红色以后又阴气上升，阳气下降，再由红色变黄色，黄变白，白变黑。就这样色彩斑斓，循环往复轮回着四季。

岁时流转，智慧的上古先民们根据节气适应时序调整作息，确定具体时间为：农历一月的立春、雨水；二月的惊蛰、春分；三月的清明、谷雨；四月的立夏、小满；五月的芒种、夏至；六月的小暑、大暑；七月的立秋、处暑；八月的白露、秋分；九月的寒露、霜降；十月的立冬、小雪；十一月的大雪、冬至；腊月的小寒、大寒。周而复始，生生不息！

06

天、地、人，三正也，《太平经》中有一则《三合相通诀》：“十号数之终也，故物至十月而反初。天正以八月为十月，故物毕成。地正以九月为十月，故物毕老。人正以亥为十月，故物毕死。三正竞也，物当复生，故乾在西北，凡物始核于亥，天法从八月而分别之，九月而究竟之，十月实核之。故天地人之三统俱终，实核于亥。”

中国人从天、地、人的关系中认识自然，敬畏自然，从而有了尊天敬地，天人合一的思维模式。今天的我们敬畏天地且按照四时顺序，春夏秋冬，不同的节气，时间的递嬗，遵循着自然的秩序和法则，用富有诗意的方式而生活着！

参考文献

何新：《诸神的起源》，北京工业大学出版社2007年版。

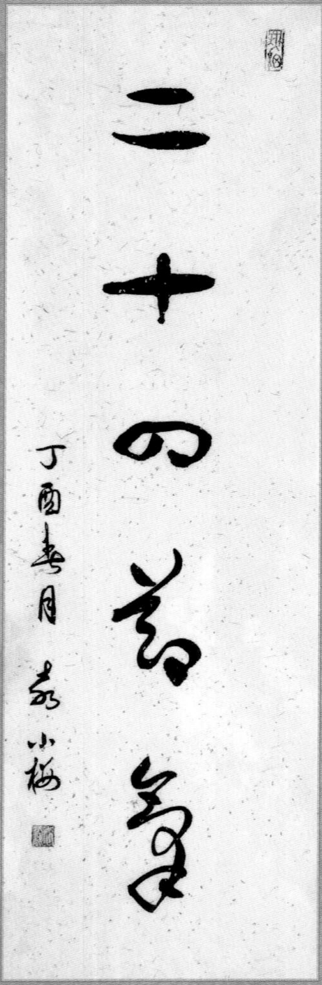
二十四节气
丁酉春月

一万年前，古埃及，

世界首部历法诞生。

七千年前，神州，

伏羲氏发明八卦历《周髀算经》。

秦汉《淮南子》日行一度，

十五日为一节，以二十四时之变……

测日以冬至为首令。

一阳生，

万物醒。

冬至

万物阳萌

初候，

蚯蚓结。阳气未动，屈首下向，阳气已动，回首上向，故屈曲而结。

二候，

麋角解。阴兽也，得阳气而解。

三候，

水泉动。天一之阳生也。

每年阳历的12月22日前后，太阳到达黄经270°（冬至点）时开始。《月令七十二候集解》：“冬至，十一月中。终藏之气至此而极也。”《通纬·孝经援神契》：“大雪后十五日，斗指子，为冬至，十一月中（夏历）。阴极而阳始至，日南至，渐长至也。”唐朝诗人杜甫诗《小至》：“冬至阳生春又来”，就是指阴极阳来。

寒风凛冽，天地萧肃。

空气凝雪，飘洒人间，天地素净圣洁。

旷野，农舍，村头巷尾，似美丽童话世界。

村落烟火升腾，农家围炉准备吃饺子饮酒。

清晨，一轮红日唤醒村庄。

一群麻雀，飞过屋檐，飞向打谷场，在没有被雪完全覆盖的土地上，啄食着，叫着，跳着，追逐嬉戏，偶尔被自己惊得起起落落。

几头猪，聚在草垛下拱刨着。

鸡群加入了啄食的队伍。

一群骡马牛羊乱糟糟地和着声向着村口的水渠走去。

随队的小羔羊、小牛、狗儿们撒着欢，惊得鸡飞猪跑，雀鸟呼啦飞起。

一只鹘鹞，悄然落在树枝上，轻盈得竟没有碰落一丁点儿雪沫。环视四周。

草垛下的雀鸟、家禽、家畜们享受着食物，和着满足的叽叽喳喳声。

骡马牛羊饮足水复返。

鹘鹞看到落单的母鸡，悄无声息地飞起，盘旋，俯冲。

鹘鹞的影子映在了公鸡身边的地上，公鸡警觉地张望。落单的母鸡和地上移动的影子，竖起大红冠，张开双翅，抖着羽毛，冲着影子奔将过去。

母鸡没回过神，呆呆地蹴着，不知所措。公鸡冲到，张嘴就啄，痛得鹘鹞松了爪。

公鸡翅爪并用，将鹘鹞打倒在地……

鹘鹞翻了几个筋斗，拍翅膀遁……

回村的土狗，见跌跌撞撞的鹘鹞，吼叫着……

公鸡四周环视一番，仰首踱步，继续享受雪后阳光下的美食。

村庄升腾起浓浓的烟火……

饺子与酒香飘散、弥漫。

冬 至

日影争长大地寒，

轩窗照短又催年。

鹿冠角解曲蚯蜷，

梅吐新蕊数九天。

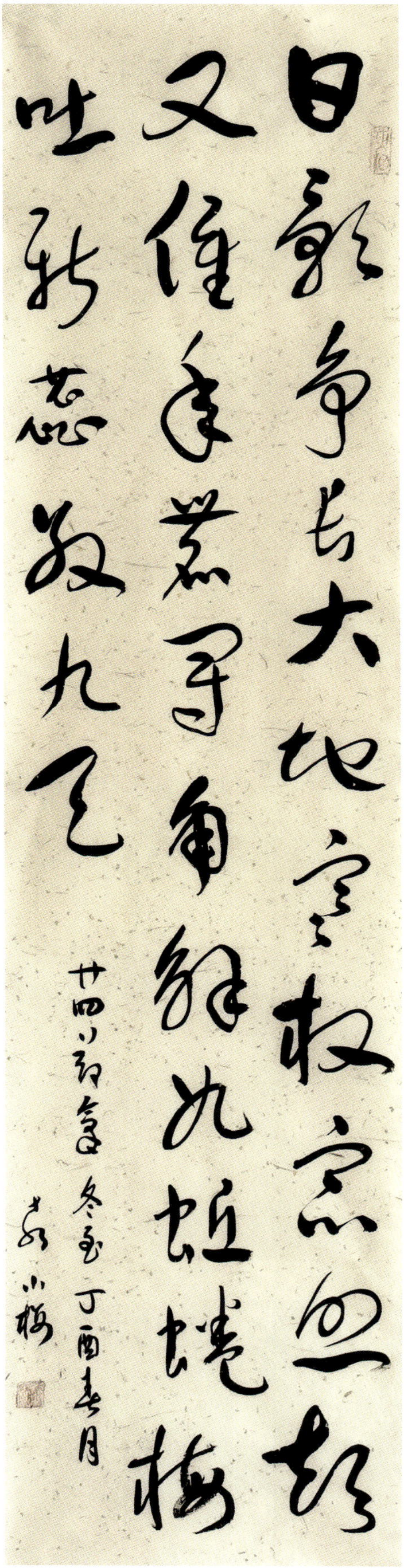

冬至

131cm×33.4cm　2017年

冬至

丙申年

十一月初五日

宜日值月破

忌大事不宜

蚯蚓结

麋角解

水泉动

冬至　黄腊梅

100cm×80cm　2018年

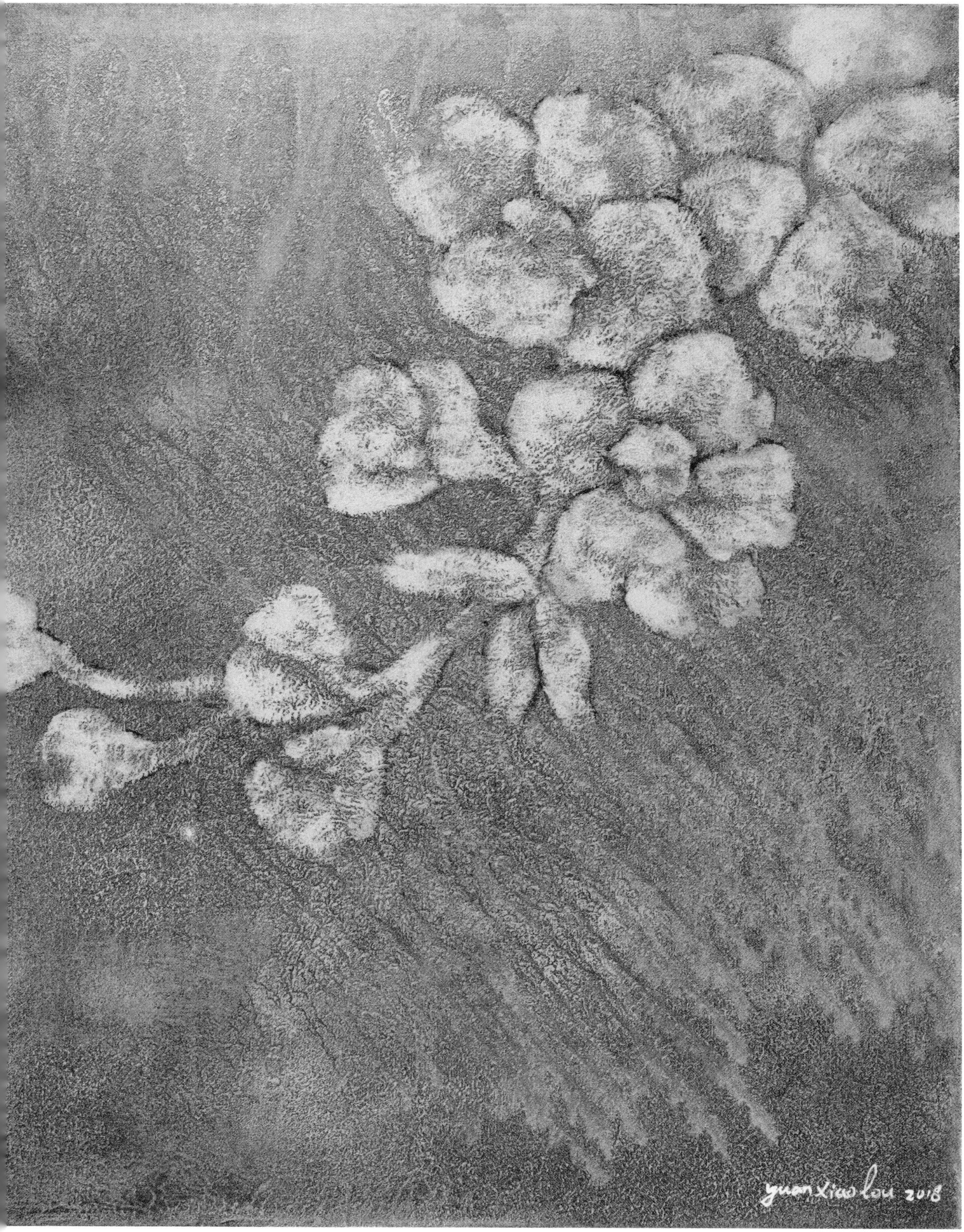
yuan Xiao lou 2018

小寒

万物蛰伏

初候，

雁北乡。一岁之气，雁凡四候。

二候，

鹊始巢。鹊知气至，故为来岁之巢。

三候，

雉始雊。雊，句姤二音，雉鸣也。

雉火畜，感于阳而后有声。

每年阳历的1月6日前后，太阳到达黄经285°时开始。《月令七十二候集解》：“十二月节，月初寒尚小，故云，月半则大矣。”

朔风凛冽，枯树摇曳，冰河肃杀。

乌鸦等待着三只野狗饱食离开能留下一点残食。

三只野狗相互低吼着，撕扯着，大口吞食着岩羊骨架。

几天前一只老岩羊河边喝水，白花花的太阳光刺得眼晕，没能站稳，前腿劈开，挣扎着死去。尸体很快被三只流浪的野狗嗅到。

乌鸦、喜鹊、鹞子闻腥而至，盘旋着、伺机偷食残食。

喜鹊第一个落在骨架上啄食。野狗低头边撕食边对着喜鹊胡乱地低吼恐吓几声。乌鸦从土崖飞落，蹦蹦跳跳到骨架边。

两只野狗饱食，伸伸懒腰，追逐，转眼不见了踪影。一只黑狗留守着。见喜鹊、乌鸦围食骨架，扑了过去。喜鹊和乌鸦被黑狗扑飞起，黑狗走开又落下，继续啄食。如此往复，几经折腾，黑狗喘着粗气。

喜鹊、乌鸦越聚越多，黑压压一片，围着骨架，吵闹，边啄食边互啄，一派乱象。

黑狗复扑向鸟群，群鸟一哄而散，折腾数十回。鸟儿被激怒，叽叽喳喳地吵着，稍许安静，不再啄食，盯着黑狗。忽然一只硕大的喜鹊，怪叫一声。喜鹊、乌鸦和不知名的鸟儿冲着黑狗压将下来。

黑狗愣了。见状不妙，向旷野狂奔。鸟儿追扑黑狗，黑狗哀叫着择路而逃。

群鸟复飞回骨架享受美食。

黑狗夹着尾巴，灰溜溜地奔逃至一处较高的土冈，遥望群鸟啄食骨架。无奈。

夕阳西下，旷野复归于平静，河滩上的骨架已被群鸟啄食干净。

冻土依然，任西北风狂虐。

小 寒

北风凛冽乱枯芜，

十地不闻雉隐呼。

九霄难寻寒雁影，

眉头挂霜锁归途。

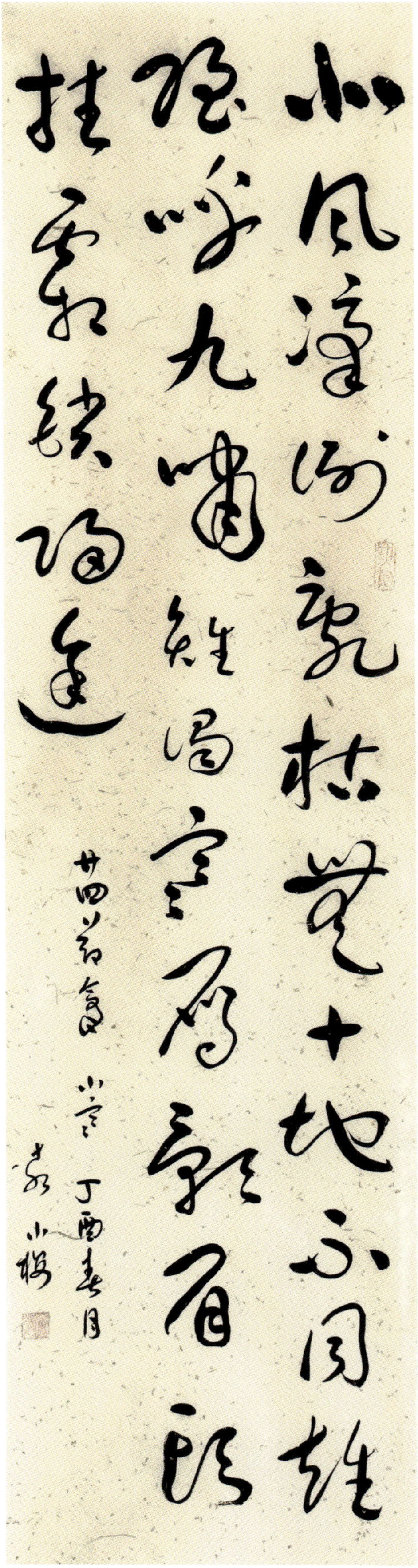

小寒

131cm×33.4cm　2017年

小 寒

丙申年

十二月初八日

宜结网纳财

忌开渠放水

雁北乡

鹊始巢

雉始雊

小寒　水仙

100cm×80cm　2018年

yuanxiaolou 2015

大寒

万物欲生

初候，

鸡乳。鸡，水畜也，得阳气而卵育，故云乳。

二候，

征鸟厉疾。征鸟，鹰隼之属，杀气盛极，故猛厉迅疾而善于击也。

三候，

水泽腹坚。阳气未达，东风未至，故水泽正结而坚。

每年阳历的1月20日前后，太阳到达黄经300°时开始。

《月令七十二候集解》：“十二月中，解见前（小寒）。”

《授时通考·天时》引《三礼义宗》：“大寒为中者，上形于小寒，故谓之大……寒气之逆极，故谓大寒。”

冰层下黄河水哗哗流淌，似是解冻冰裂。

农家小院外墙满挂着玉米棒和一串串火红的辣椒。当然镰刀同样齐整地挂着，任由时间打磨。

大雪纷飞。天渐晚，小院张灯结彩，瞬间喜庆。农人开始备年夜饭。大黄狗趴在灶房门口，盯着砧板上的骨头。小花猫在土炕灶间跳来窜去。

一阵热闹的鞭炮过后，一家团聚，推杯换盏，享受辛苦一年最美的幸福时光。大花猫、老黄狗围坐餐桌底，期待着偶尔掉到地上的肉皮骨头之类的美食。

火塘照亮伙房，一只躲在土炕角落里的耗子，蹿出洞，顺着香味找到忘了盖的塑料油瓶。围着油瓶嗅了一圈，先是伸出前爪试探，油瓶晃动。耗子大胆地抱住瓶口，一探脑袋，钻入油瓶。贪婪吮食香油……

土炕角洞，另一只耗子探出小脑袋四周张望，嗅到一股香味。原来土炕另一角落里有一小块油饼。耗子跑跑停停地向着油饼奔去。

耗子围着碗转了几圈，最终没能挡住油饼香味的诱惑，迅速扑向碗内的油饼，碗倒了，耗子被扣在碗里……灶塘的火，忽上忽下，忽明忽暗，跳跃着。

村里响起更响的鞭炮声。

辞旧迎新，团圆迎春。

春到来。

冰龟裂。

大 寒

彻地严霜罩八荒，

冰天飞雪欲清狂。

轮回四季春已至，

残雪寒风孕嫩黄。

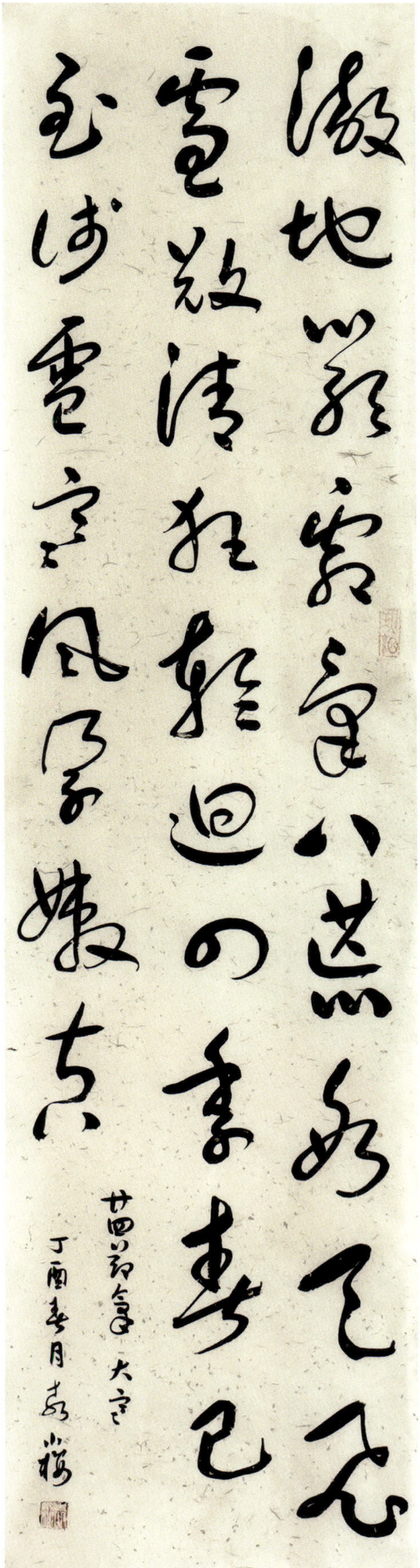

大寒

131cm×33.4cm　2017年

大 寒

丙申年

十二月二十三日

宜日值月破

忌大事不宜

鸡乳

征鸟厉疾

水泽腹坚

大寒　香雪兰

100cm×80cm　2018年

立春

万物阳生

初候，

东风解冻。阳和至而坚凝散也。

二候，

蛰虫始振。振，动也。

三候，

鱼陟负冰。陟，言积，升也，高也。阳气已动，鱼渐上游而近于冰也。

每年的阳历2月4日前后，太阳到达黄经315°时开始。我国习惯以立春作为春季开始的节气。《月令七十二候集解》："正月节，立，建始也……立夏秋冬同。"立春是正月的节气，立，开始的意思。

极寒阳生，春更始，雪夹裹丝丝冷意到人间。

旷野，依旧残留着星点的残冰残雪。冬季西北风肆虐的几个月里，冰雪夹裹灰尘、杂草、残叶，早已经面目全非，不再纯净。

东风，似唤醒春梦，伸伸懒腰，蹬蹬腿，打了个哈欠，感觉空气中复有了生气。水渠，寒冬结的冰块，在春的哈欠中肢解，吱吱作响而后四分五裂。积雪在春梦醒来时随东风融化成水。

村头巷尾，寒冷依旧残留在冬的记忆里。村头水渠成群牛羊和唱着，朝夕饮水。老歪树上的喜鹊巢孤零零地任由西北风吹着。据说巢中喜鹊是在立冬日为捕食麻雀而被鹞鹰反捕了。巢也就空了。

离水渠不远处秋收场地，堆满了麦柴和稻草垛。瘪了的稻粒吸引着成群的家雀和成群的鸡、猪。一小块空地上被人撒了几把谷粒，并在空地后的树干上拉了一张网。

一条小鱼困在一块脏兮兮的残冰里。惊惧。绝望。等待死亡。

冰冻的大地依旧是远青近无，夹在冰块中的小鱼期待太阳将冰块融化而获救。离冰河不远，一只颓废、沮丧，老得几乎走不动的黄狗，蹒跚着，看到冰封层下的鱼，眼睛一眨不眨，死盯着。另一种精灵—— 一只花猫，躲在草垛里，睽视着流浪狗。

老黄狗正试着刨夹在冰块里的鱼。这个动作正如同一条临死前的鱼戏耍渔夫一样，尽管嘴巴已经咬住了鱼钩，下场几乎注定，却不愿意就此认命。这种戏耍更像是鱼儿离开水后，在临死之前“扑棱扑棱”地挣扎几下。躲在角落里的花猫被激怒，冲向老黄狗，惊着麻雀。麻雀像炸开了锅，“呼啦”飞起，却成了网中物。

老黄狗被忽然出现的花猫惊得一头撞在树干上，晕了！花猫踩在残冰块上，残冰在冻土上带着花猫慌张滑向路边半开水面的河里。花猫被抛在冰面上。残冰掉进刚开河的水里。

——小鱼眨着眼睛，笑了。冻层里的蛰虫醒了。

——残雪在泥泞中挣扎，被东风解救。

——春天在一惊一乍中到了。

立 春

东风浩荡大河开，
冰破鱼游春讯来。
寂野蛰虫眠欲动，
兰山早有鸟声催。

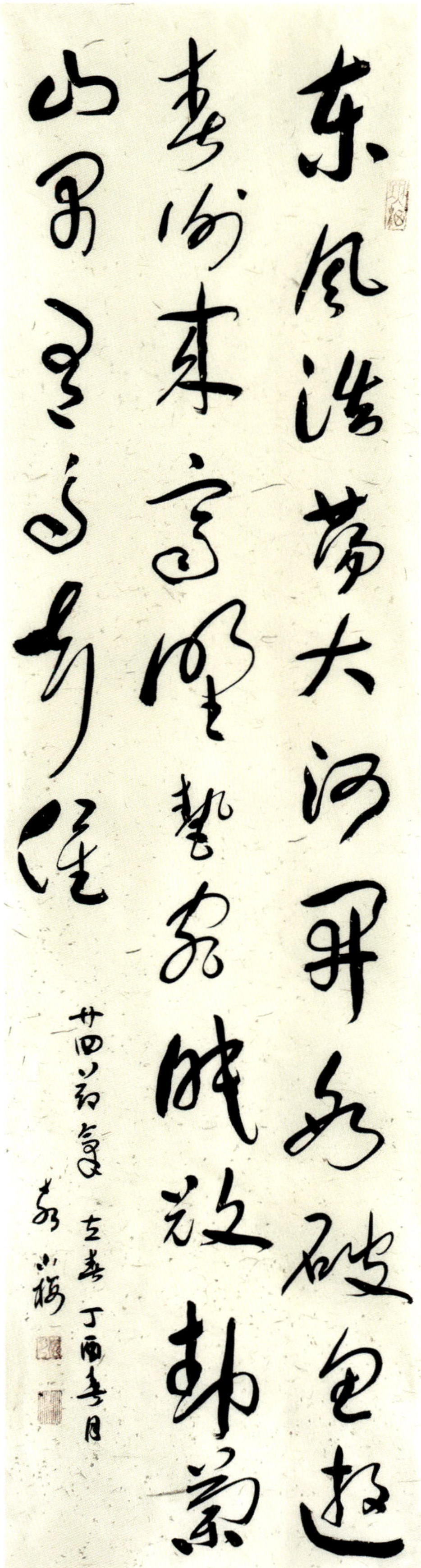

立春

131cm×33.4cm　2017年

立 春

丁酉年

正月初七日

宜祭祀祈福

忌新船进水

东风解冻

蛰虫始振

鱼陟负冰

立春　迎春花

100cm×80cm　2018年

雨水

万物萌动

初候，

獭祭鱼。此时鱼肥而出，故獭而先祭而后食。

二候，

候雁北；自南而北也。

三候，

草木萌动。是为可耕之候。

每年阳历的2月19日前后，太阳到达黄经330°时开始。《月令七十二候集解》：“正月中，天一生水，春始属木，然生木者必水也，故立春后继之雨水。”

雨，为心而落，而淡然，为季留欢。

微雨霏霏，春到人间，空气湿润。春，在乍暖还寒的暖风吹拂下弱弱地到来，没有热浪前呼后拥夏季的盛况，也没有三九凛冽的姿态。春随东风，悄无声息，如少女一般带着青春的气息，欢笑着，迈着轻盈的脚步，雀跃着来到人间。

少女着春装，沐春雨，湿湿柔柔的，散发着淡淡的雾香，从原野走向春的世界。

含苞待放的花骨朵，静候春雨滋润。当被丝般润滑的春雨轻吻的那一刻，就像白马王子亲吻睡梦中的公主，瞬间春的脸颊羞红。

散发着少女青春般自然的清风，微微拂过枝头，拂醒了少女的梦。羞红的面颊泛着青涩的晕，为春抹上更为清爽的一道香。草木抽芽，春意向荣。又一阵清风吹开了少女的心思，荡漾着。像怀揣的小鹿，怦怦跳着，红了脸颊。

牛毛细雨淋湿了乡野的炊烟，浇开了少女的心思。田埂上，一行小脚丫从岁月的深处，赶着老牛踏着夕阳迎春而来。

村头小河里一只水獭趴在残冰上，盯着困在冰块里的小鱼，急得抓耳挠腮。远空中隐隐传来鸣叫，一行北归的鸿雁排队前行。河滩泛着绿意的枯草中躲着老猫，盯着冰上的水獭。

水獭终于砸开冰，鱼儿一张一翕，瞪着惊恐的双眼，等待着死亡。

老猫腾空扑向水獭。

“扑棱棱”一群北归的鸿雁，扑入水中。

水獭惊了，躲进了洞中。丢了鱼。

老猫扑空，脸狠狠地撞在了冰块上。

鸿雁悠闲地戏着水，鱼儿自由地游着，享受着久违的北方之春带来的暖意。

冰消雪融，河水上涨，雨水打湿了春的腮红。

雨 水

春云春雨驭风来，

万丈霞光驱雾霾。

初孕李桃鸿影过，

寒山水暖浸苍台。

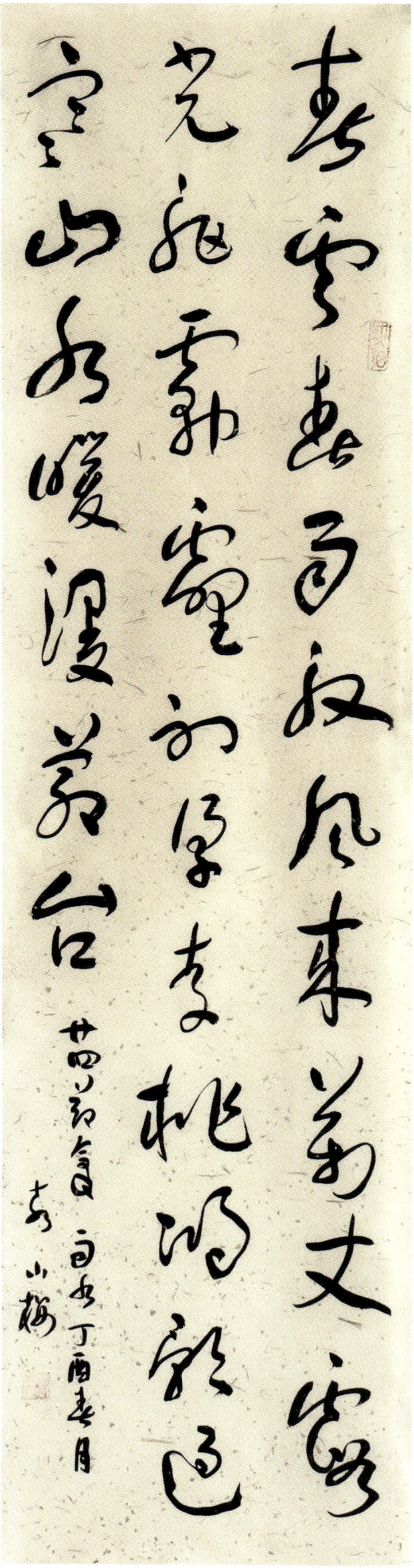

雨水

131cm×33.4cm　2017年

雨 水

丁酉年

正月二十二日

宜黄道吉日

忌诸事可行

獭祭鱼

候雁北

草木萌动

雨水　樱花

100cm×80cm　2018年

yuanxiaolou 2018

惊蛰

万物始生

初候，

桃始华。阳和发生，自此渐盛。

二候，

仓庚鸣。仓庚，黄鹂也。

三候，

鹰化为鸠。鹰，鸷鸟也。此时，鹰像鸠，因而人们误把鹰当成了鸠。

每年阳历的3月6日前后，太阳到达黄经345°时开始。《月令七十二候集解》：“二月节……万物出乎震，震为雷，故曰惊蛰，是蛰虫惊而出走矣。”惊蛰是二月的节气，这时天气转暖，渐有春雷，冬眠动物将出土活动。

春雪消融，化水滋润。

一团阴云后，春雷随至。春在惊雷中醒来。沉睡的蛰虫缓慢地爬出洞穴，享受久违的清新空气。

荒野泛青，半坡桃林，尽显妩媚。

春，以一个空灵的姿态，来到人间，用生命向大地倾情挥洒爱心，南归北回的鸟儿成群结队地返回旧居。

春，因百鸟复归，更显勃勃生机，活力无限。

布谷鸟穿梭陌上林间。

两只黄鹂在半坡桃林树枝上，跳跃着，在空中翻飞着，时聚时散，在娇艳的桃花中，贺春来到。

桃林深处，桃花红中带粉。

一阵清风，飘落红尘三千，犹如空花似景，凌空而来，幻化如梦。

桃花飞舞如人生，一个擦肩，一个转身，便物是人非。

半坡娇艳的桃花，落红无数，润雪湿雨中，格外妩媚。

桃林中布谷鸟、黄鹂鸟、麻雀、不知名的鸟儿，雀跃翻飞，好不热闹。忽然传来苍鹰的鸣叫，惊得百鸟伏地顺和，桃林瞬间安静。

鸠斜喇喇地扑向娇小的黄鹂。惊得小黄鹂，傻愣愣地待在枝上。躲在桃林深处打盹儿的乌鸦，惊慌失措，定睛回望，看清是鸠非鹰，蹿出树林，扑向正在俯冲的鸠。鸠被撞得翻滚了几个筋斗，借荆棘草丛，狼狈遁去。

一股丝寒拂过，天空飘起雪花，由疏而密，涤荡空气，尘埃被清洗干净。春雪纯洁素净，带着对春的问候和希冀，飘飘洒洒地尽情飞落，拥吻大地。

春在初雪中拉开生的序幕。

惊 蛰

惊天二月炸冻雷，
深壑浅坡起绿苔。
幽谷深处花欲放，
春晨一缕暗香来。

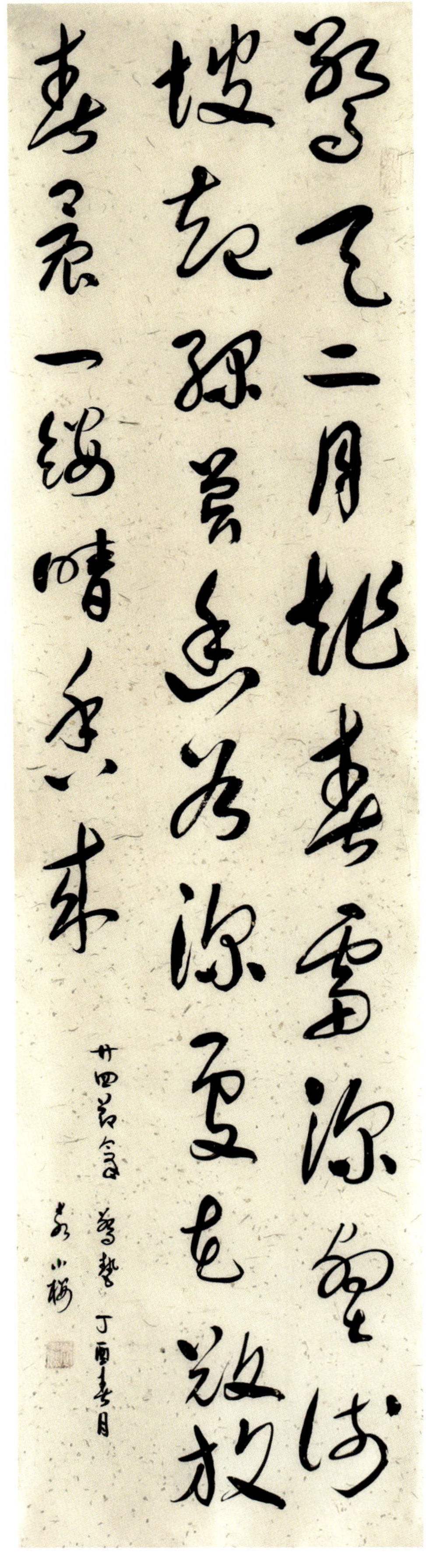

惊蛰

131cm×33.4cm　2017年

惊 蛰

丁酉年

二月初八日

宜日值风破

忌大事不宜

桃始华

仓庚鸣

鹰化为鸠

惊蛰　月季

100cm×80cm　2018年

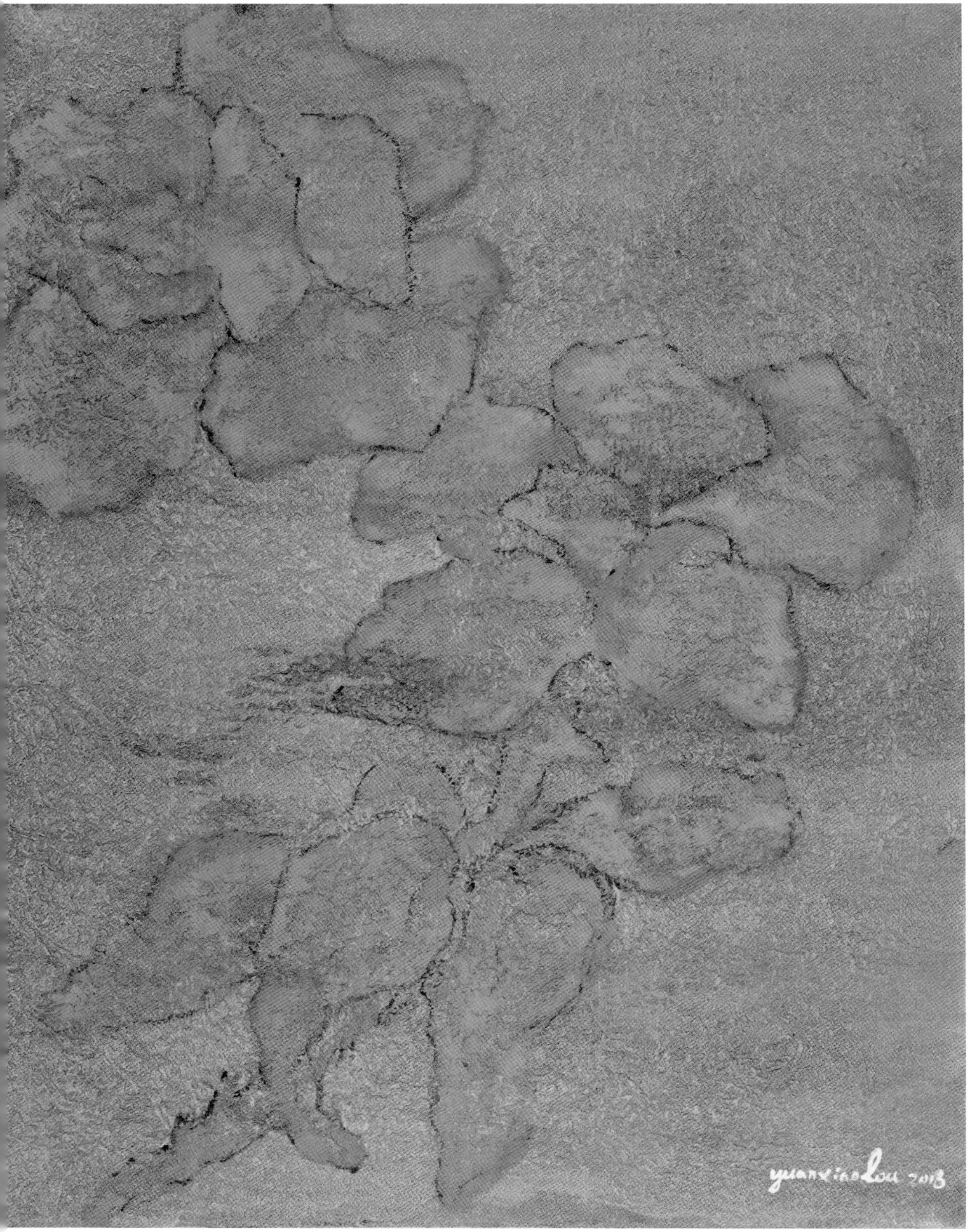
yuanxiaolou 2018

春分

万物复苏

初候，

元鸟至。燕来也。

二候，

雷乃发声。雷者阳之声，阳在阴内不得出，故奋激而为雷。

三候，

始电。电者阳之光，阳气微则光不见，阳盛欲达而抑于阴。其光乃发，故云始电。

每年阳历的3月21日前后，太阳到达黄经0°（春分点）时开始。《月令七十二候集解》：“二月中，分者半也，此当九十日之半，故谓之分。”也就是说，春分把春季的九十天分为两半。《春秋繁露·阴阳出入上下篇》：“春分者，阴阳相半也，故昼夜均而寒暑平。”

春暖乍寒，陌野远绿近无。

二月，温暖湿润的空气依然夹着微微寒意。农人开始陌上耕田播种。老犁惊醒土地中熟睡的蛰虫，打扰了梦中的蛙。遥远的天际，乌云涌动，悄悄席卷而来。瞬间，天空变得昏暗。在乌云阴影的掩护下，一只鹞子，悄无声息，盘旋而至。

乌云压顶，湿气和新翻泥土上升的胎气，混合形成雾，天地朦胧。农人扶着铁犁，吆喝着老黄牛，翻动着沉睡的土地。

天空更暗，乌云翻滚。燕子感觉到黑云背后的阴谋，但被美食诱惑着。

铁犁翻开带土腥的泥土，一条又大又肥的虫子，扭动着肥胖的身体拼命往土里爬滚着，想躲进冒着胎气、散着土腥的泥土中。低飞的燕子，掠过迷雾时，贴着泥土，向着白虫掠了过来。

乌云压得更低，大地上升的胎气和新翻泥土散出的热气混合。燕子低飞，掠向蛰虫。

鹞子离弦箭般，斜喇喇扑向燕子。

厚厚的乌云，发出沉闷的低吼。云层被撕开一个大口子，一道闪电和闷雷惊得老黄牛拖着铁犁在灰暗的田野狂奔。农人被老黄牛拖倒在地。铁犁擦着农人的头皮飞过。

燕子被忽来的变故惊吓，眼看就要撞向泥土，一个翻身硬生生地贴着地面飞了起来。

鹞子再次弓起身子，以迅雷不及掩耳之势扑向燕子。一道刺眼的闪电，从春雷炸开的黑云里，斜刺而出，把天空照亮。

农人借着闪电，向老黄牛惊跑的方向，追赶而去。

燕子落在电线上，惊魂未定，四处张望，挥动翅膀，闪电般向农舍飞去。

一声巨响，闪电击中枯树，将树杈一劈为二。鹞子刚飞起便被这闪电击中，坠地落下。

许久，天放晴，鹞子苏醒，灰溜溜遁去。

春风拂过，桃花若雨，昼夜平分，万物应春风而生。

春 分

青青杨柳笼江南，

灼灼桃花绽塞原。

布谷声声催下种，

老牛奋力向耕田。

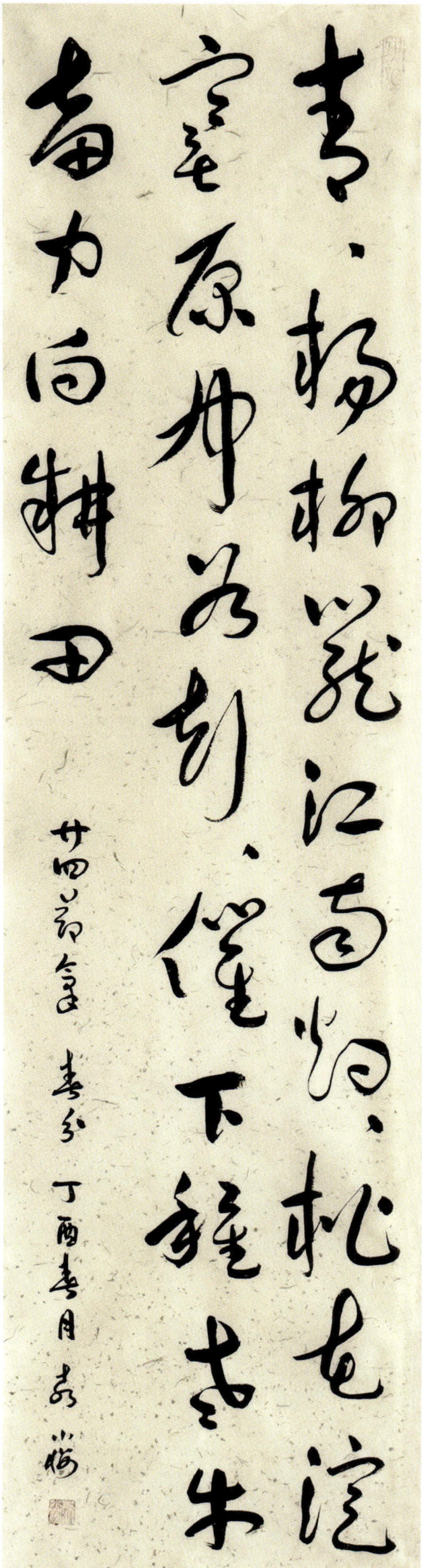

春分

131cm×33.4cm　2017年

春 分

丁酉年

二月二十三日

宜针灸平道

忌新船进水

元鸟至

雷乃发声

始电

春分　玉兰

100cm×80cm　2018年

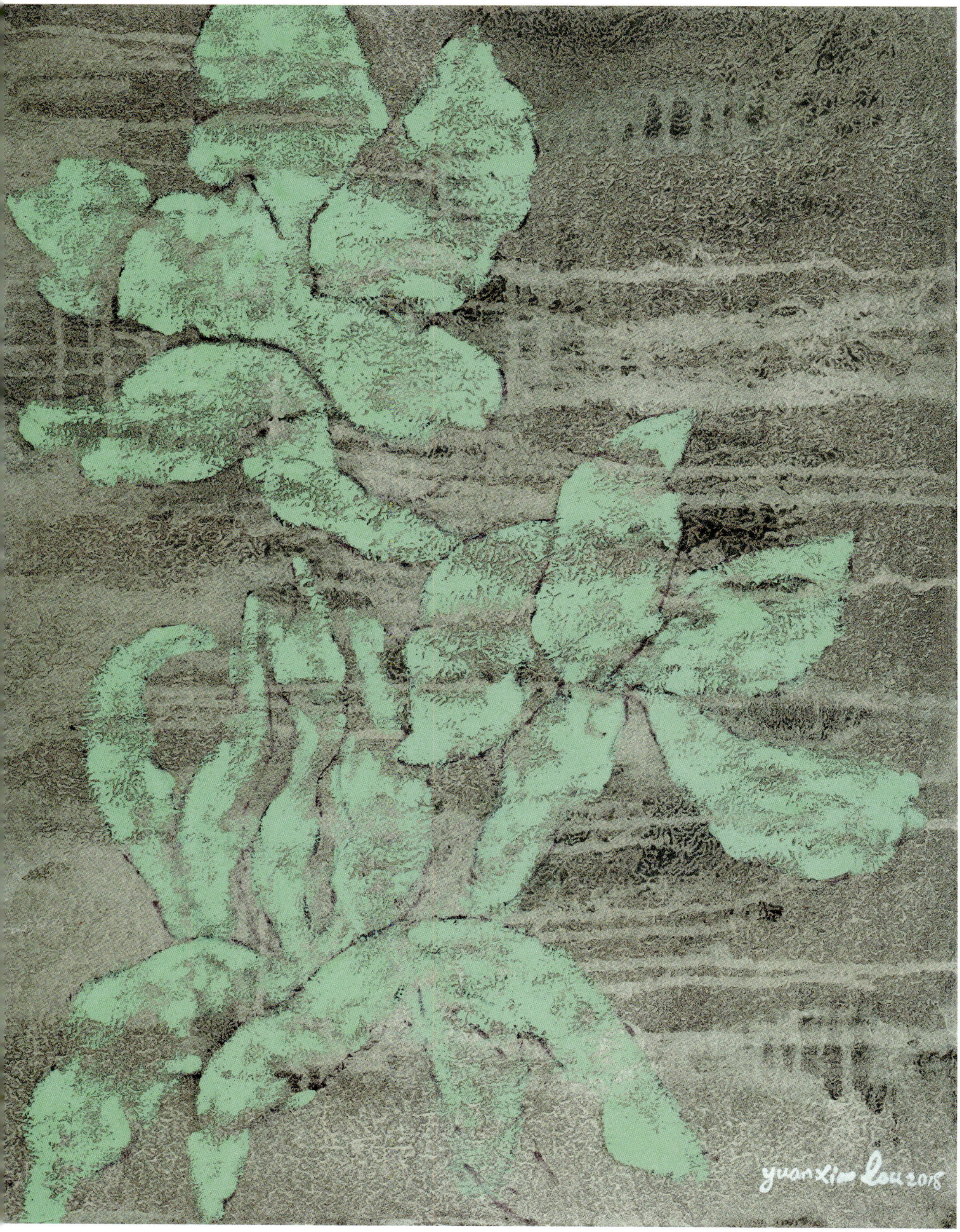
yuanxian lou 2018

清明

万物初长

初候，

桐始华。

二候，

田鼠化为鴽。牡丹华；鴽音如，鹌鹑属，鼠阴类。田鼠因为大地阳气渐盛而躲回洞穴，鹌鹑则因喜阳气而出来活动。

三候，

虹始见。虹，音洪，阴阳交会之气，纯阴纯阳则无，若云薄漏日，日穿雨影，则虹现。

每年阳历的4月5日前后，太阳到达黄经15°时开始。《月令七十二候集解》：“三月节……物至此时，皆以洁齐而清明矣。”

家乡的桃花开了，姑娘倚门等待……

柔柔细雨，打湿山坡的草和盛开的花。腾升的湿气迷漫着整个世界。半坡墓地，燃起的烟火是后人对先祖的追思。空气中飘着悲凉与思念。同样也飘着禅意，人生一世，匆匆数十年。红尘三千，既有新生，又有旧逝。新旧更替，自然使之。逝去的生命，不作刻意遗忘。回首生命，谁曾来过，又曾走了，只借清明弱雨寄一份哀思。

一座孤冢，长满野草，冢的后面生长着一株常青树，密密匝匝的叶遮住大半个冢。一阵春风，吹动了树枝。一只大鸟躲在树枝后面，任由春风拂着，一动不动，窥视着孤冢边的鼠洞。

不远处的一座墓前，后辈人烧着黄标纸币，借清明祭祖寄哀思，以表孝心。点燃的烛火松香，在湿雨雾气中燃烧着。小黄狗抖落身上的雨水，东嗅嗅西闻闻，叼着被雨淋湿的土坷垃抛着，玩着。

孤冢的鼠洞，忽然露出一个小脑袋，一只春鼠，警觉地四处张望，躲在树上的大鸟，双目圆睁，紧紧盯着春鼠。当然，这一切也没能逃过不远处小黄狗的眼睛，伏下身子，匍匐着，慢慢向着小春鼠靠近。

春鼠机警地探了探，一溜烟钻进草丛，抱起一大块食物，向洞穴奔跑。

躲在树上的大鸟，无声无息，直扑向正在搬食物的春鼠。小黄狗看见了小春鼠，猛地扑将过去，惊起草丛中一群鹌鹑，扑棱棱地乱飞。

小黄狗没能收住脚，大鸟失去重心，撞到了一起。春鼠也丢了食物，逃回洞中。

大鸟被撞出一米开外，翻滚着，被一座小土堆挡住，方才停了下来，扑棱着翅膀，向着林中飞逃。

小黄狗从泥地中翻起，稚嫩地狂吠，冲着大鸟飞的方向追去……

天渐放晴，春雨洗过的天空变得清爽明朗。田野一对恋人踏青而来。

——天空中风筝与鸟儿嬉戏。

—— 一道彩虹悬挂于天空。

——家乡的桃花开了，姑娘笑了。

清 明

春风绿柳雨如烟，

点豆种瓜溪水边。

祭祖思贤寒食日，

黄莺歌唱农事先。

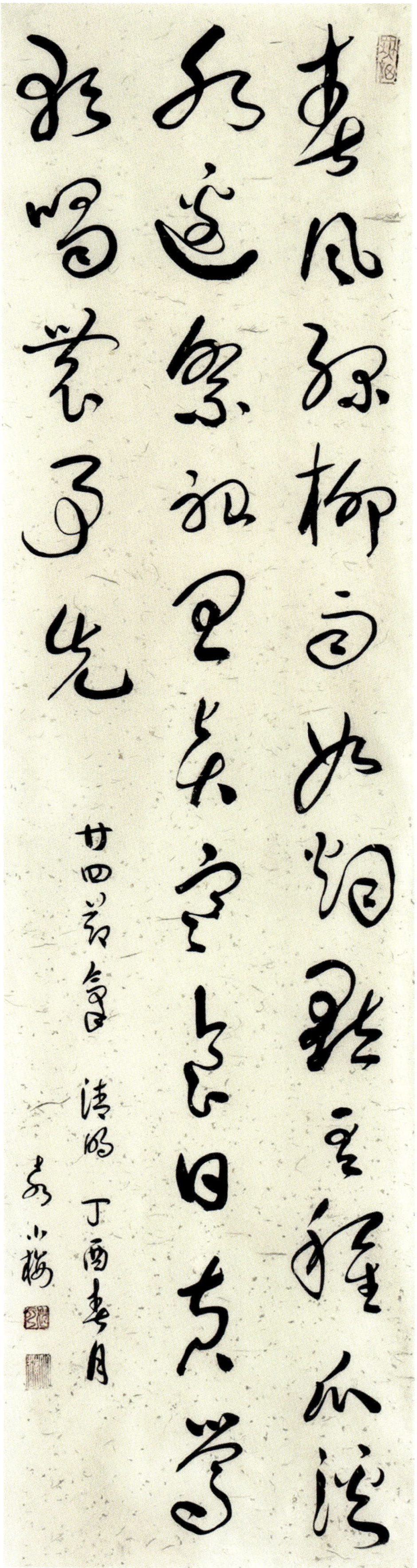

清明

131cm×33.4cm　2017年

清 明

丁酉年

三月初八日

宜日值月破

忌大事不宜

桐始华

田鼠化为鴽

虹始见

清明　桃花

100cm×80cm　2018年

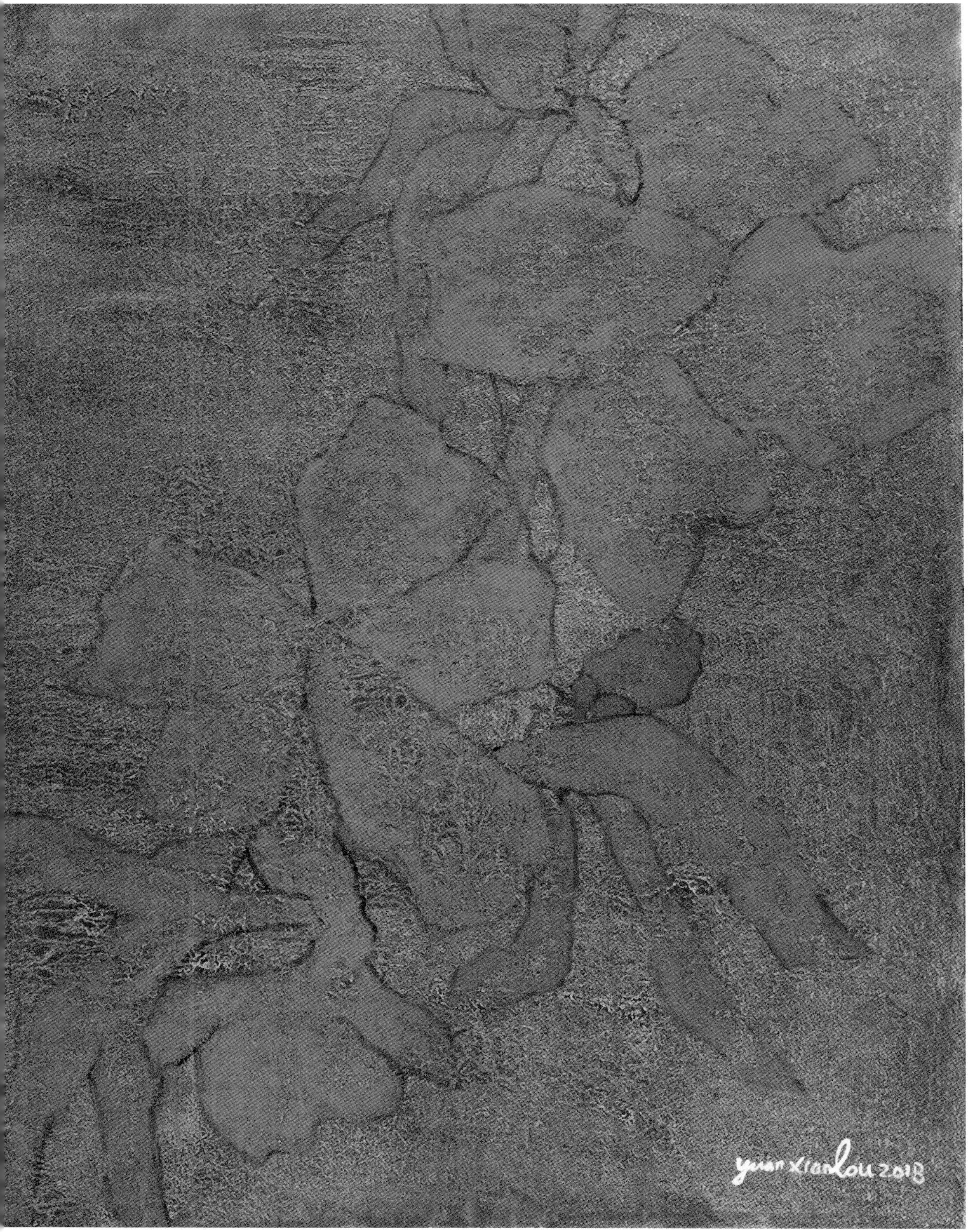
yuan xianlou 2018

谷雨

万物方盛

初候，

萍始生。

二候，

鸣鸠拂其羽。飞而两翼相排，农急时也。

三候，

戴胜降于桑。织网之鸟，一名戴鵟，降于桑以示蚕妇也，故曰女功兴而戴鵟鸣。

每年阳历的4月20日前后，太阳到达黄经30°时开始。《月令七十二候集解》：“三月中，自雨水后，土膏脉动，今又雨其谷于水也……盖谷以此时播种，自下而上也。”

一杯清茶，泡出都市人的心境。

一场小雨，湿了少年的心思。

狂想。

思绪随雨，随风，飘荡……

浅溪水塘，落满钻天杨的花粉浮萍和摔碎的柳絮。早已苏醒的蛙，叫着寻着伴侣。

斑鸠，翩飞旷野，“布谷、布谷”，累了，落在树杈上，梳理着羽衣，从这枝跳到那枝，边舞边唱，尽展妩媚，吸引雄鸠求欢。

另一株桑树上，啄木鸟，啄着树干，捕着树虫。

野狸正在林中草丛里觅食，被树上的啄木鸟打扰了寻找美食的雅兴，恨恨地盯着啄木鸟。

野狸垂涎树上的啄木鸟。边舞边唤 “布谷”的斑鸠似乎看明白野狸的意图，冲着啄木鸟方向狂叫。

桑葚果已经熟透，红得发紫。

啄木鸟“当当当”地专注着为树治病，啄食着美食，没在意草丛中的野狸。

斑鸠翩翩飞舞着，落在离啄木鸟不远的树枝上，对着啄木鸟一通狂叫。

野狸慢慢地靠近桑葚树，盯着趴在树上的啄木鸟，弓起腰，伺机而动。

斑鸠见啄木鸟没有被它的警告唤醒，很失望，焦急地复飞向空中，冲着陌上正在种瓜点豆、勤劳耕作的农人狂叫着“布谷”。弯腰忙活的农人，被斑鸠吵得心烦。心说，麦苗都抽穗了，才来喊叫着“布谷、布谷”，捡起一块土坷垃向着乱叫的斑鸠丢了过去。

斑鸠怪叫着斜飞了出去，躲过了土坷垃。

土坷垃落在离野狸和啄木鸟不远的草丛中。

就在土坷垃快落地时，野狸猛地躬起身子扑向啄木鸟。

土坷垃落地，惊起草丛的鸟，扑棱棱乱飞，惊得野狸跑错了方向，撞在树干上。啄木鸟飞向空中。

成熟的桑葚果落了一地，一群蚂蚁排着队向着熟果走来。

少年起身，笑着离去。

谷 雨

鸣鸢拂羽舞长风，

绿野育秧水浪横。

戴胜敲枝戏老树，

卷帘齐案对茶吟。

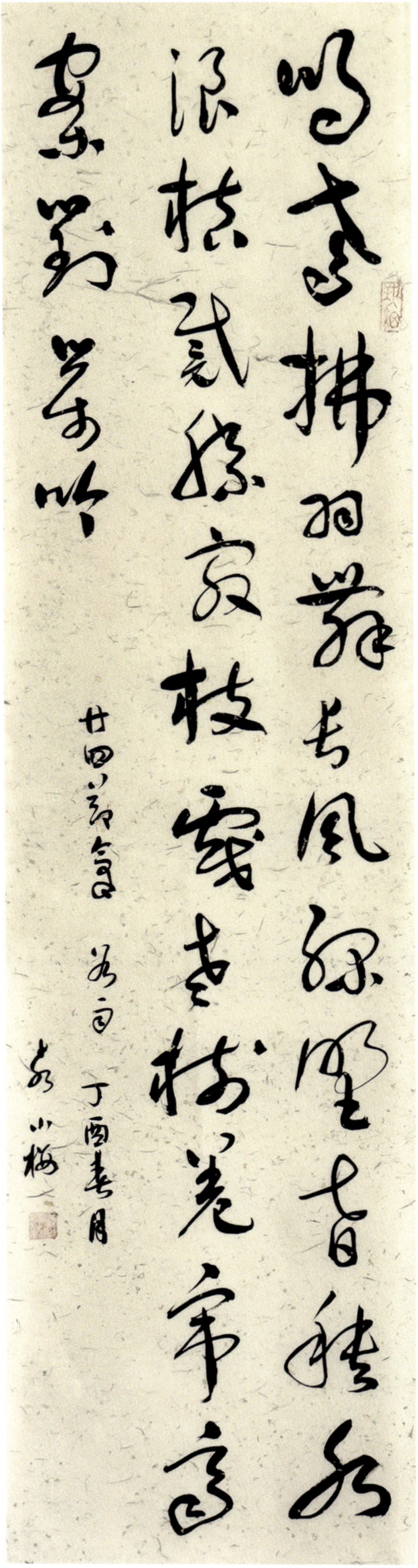

谷雨

131cm×33.4cm　2017年

谷 雨

丁酉年

三月二十四日

宜黄道吉日

忌诸事可行

萍始生

鸣鸠拂其羽

戴胜降于桑

谷雨　紫藤

100cm×80cm　2018年

yuanxiaolou 2018

立夏

万物并秀

初候，

蝼蝈鸣。蝼蛄也，诸言蚓者非。

二候，

蚯蚓出。蚯蚓阴物，感阳气而出。

三候，

王瓜生。王瓜色赤，阳之盛也。

每年阳历的5月6日前后，太阳到达黄经45°时开始。我国习惯以立夏作为夏季开始的节气。《月令七十二候集解》：“四月节，立字解见春。夏，假也，物至此时皆假大也。”假，大的意思。《易·家人》：“王假有家。”陆绩注：“假，大也。”

少女独坐庭院，仰望星空。

寂静的夜空，干净得可看清北斗星柄。

湿润略带热气的夏风轻拂着老屋庭院的丝瓜架。在夜的掩护下，瓜蔓慢慢吐着丝，偷偷地向着棚架上爬。

瓜架下草丛里雄蝈蝈唱着歌，呼唤着雌蝈蝈。借蝈蝈求偶声掩饰，雌雄一体的蚯蚓拱着松软的土地。

夜色笼罩下，夜行动物怀着不同心思，飞出树林，跑出地穴，爬出树洞，在寂夜下走进自然。

躲在棚下洞中的家鼠，嗅着蝈蝈的气息出洞。藏在棚架后面树上的猫头鹰，睁一只眼，闭一只眼，借星月的微光不停歇地扫视着，发出诡异的叫声，竖着耳朵聆听。

睡在棚架不远老屋窗台上的老猫，来了精神，眼睛放着贼喇喇的寒光，竖起耳朵，辨听着黑暗中的声音，老猫不想放过任何一个捕食的机会。

躲在洞口探着脑袋的家鼠，确定了不远处蝈蝈的位置，速速蹿出，扑向蝈蝈。就在家鼠扑向蝈蝈的刹那，躲在树上的猫头鹰扑向家鼠。

趴在窗台上的老猫，铆足了劲，扑向家鼠。

家鼠、猫头鹰、老猫撞到一起。老猫撞翻了猫头鹰，家鼠扑倒了蝈蝈，猫头鹰掀倒了家鼠……

这一刻乱成一锅粥。惊魂未定的家鼠，没头没脑乱撞地逃回鼠洞；猫头鹰扑棱着翅膀，跌跌撞撞地没入黑夜；老猫感觉头晕，逃进老屋的灶膛，躲了起来；蝈蝈静静地藏在石头的缝隙中，不敢再叫。

一团乌云不知何时，悄悄遮住了明月。

夜空变得暗了。

棚架上的丝瓜，向着棚架，更加努力地向上爬着。

一滴雨，落在了丝瓜叶上……

落在少女腮上……

立 夏

斗指东方万象葱，
蝼蛄浅唱草泥丛。
苦菜榆槐催瓜果，
谷稻驰风祛鸟虫。

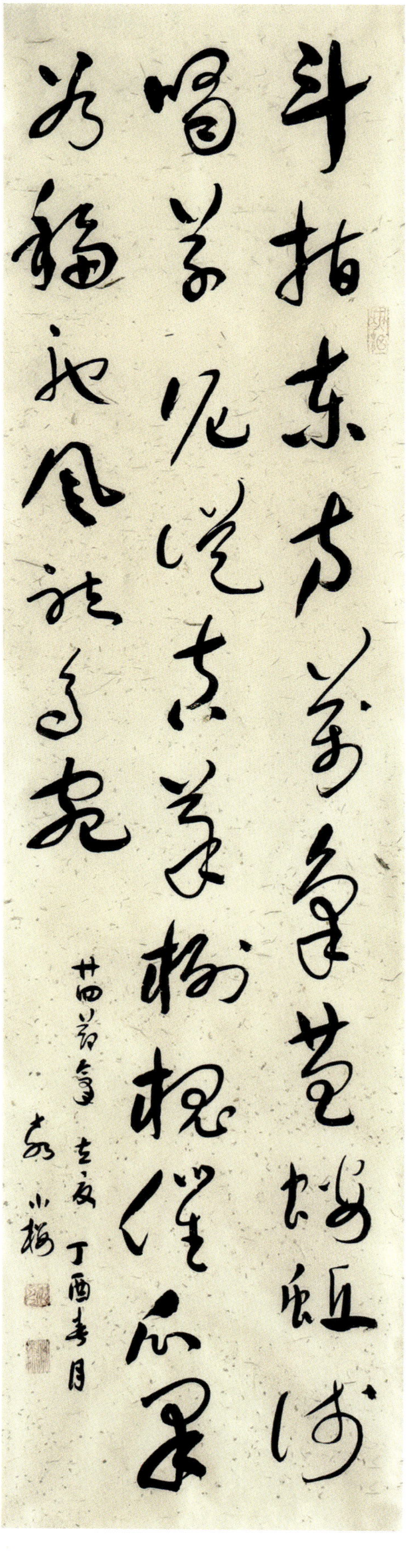

立夏

131cm×33.4cm　2017年

立 夏

丁酉年

四月初十日

宜交易理发

忌开渠行丧

蝼蝈鸣

蚯蚓出

王瓜生

立夏　铃花

100cm×80cm　2018年

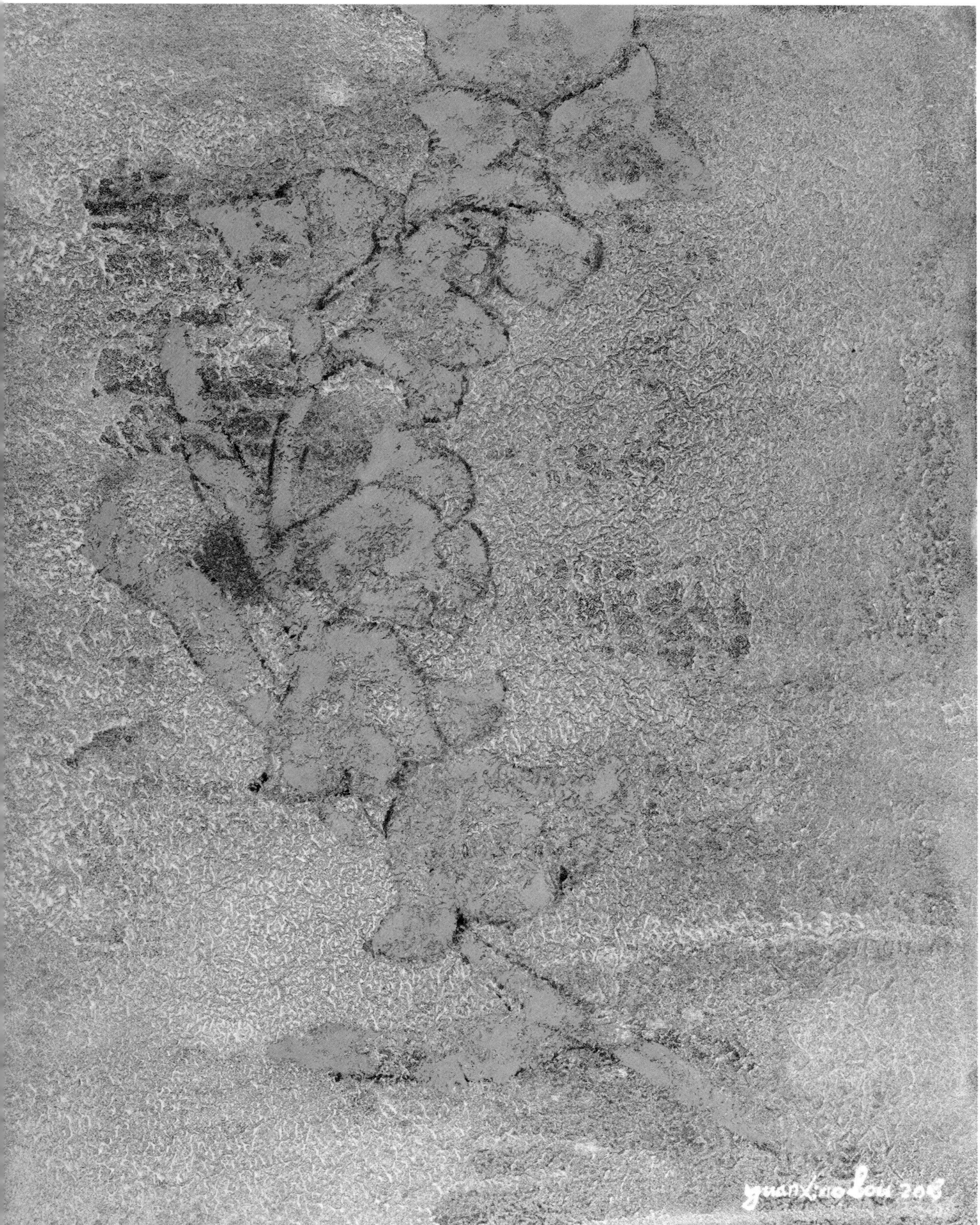

小满

万物华实

初候，

苦菜秀。火炎上而味苦，故苦菜秀。

二候，

靡草死。葶苈之属。

三候，

麦秋至。秋者，百谷成熟之期。此时麦熟，故曰麦秋。

每年阳历的5月21日前后，太阳到达黄经60°时开始。《月令七十二候集解》：“四月中，小满者，物至于此小得盈满。”

暖风熏醉躲在屋檐下吃鱼的小懒猫。

小懒猫舔着嘴角的残香，懒散地趴在槐树下乘着凉，不一会儿打起呼噜。

被日头烤得发晕、伸长舌头的老黄狗，呼呼喘着粗气，没了神采，趴在农家小院的大门口，左右两侧两棵歪脖子大槐树上，一群麻雀，一会儿飞起，一会儿落下，叽叽喳喳吵闹个不停。

正午旷野，热浪翻滚，偶有一缕夏风拂的麦，一波一浪似大海，起起伏伏。 农人被太阳毒烤得疲劳，拖着沉重的脚，回小院时顺手割了几把青草，割青草时发现一只受伤的小鸟，友善地捧起，回家。

农人卸下驴车，把灰毛驴拴在门口树上，随手抱起青草。农人忘了受伤的小鸟，连同青草一同丢下，转身回院内。

小鸟在草堆里哀鸣着。哀鸣声惊醒懒猫和老黄狗。猫和狗同时伸长脖子，循声看见了草堆里的小鸟。

懒猫，弓了弓身子，伸了个懒腰，懒懒地来到小鸟身边，嗅了嗅，拨了一下已经很弱的小鸟，小鸟被拨倒在地。老黄狗前后躬了躬身子，连打几个哈欠，抖了抖毛，跑向小鸟。懒猫看狗冲自己跑来，叼住小鸟向着院门口的树跑去。树上吵闹的麻雀看到了猫叼着小鸟跑来，吵得更激烈了。

大红公鸡，看到懒猫叼着小鸟，误认为是小鸡仔，涨红脸，扑棱着翅膀冲向懒猫。老黄狗看到了老猫口中的小鸟，低吼着扑向懒猫。懒猫一转身蹿上了大树。成群的麻雀看到向上蹿的懒猫，呼啦抱团冲向懒猫。懒猫惊得呆了，“喵”，一松口，小鸟坠落……

一阵骚乱，吃草的毛驴，狂躁地吼叫，抬起后蹄无方向地一通乱踢。老黄狗没能收住，直冲到毛驴的背后，刚好被踢个正中，“嗷嗷”惨叫，斜喇喇地摔向眼看就要落地的懒猫。

大红公鸡扑到树下，护住小鸟。

落地的懒猫和被毛驴踢飞的老黄狗，撞在一起，重重地摔在地上，惊魂未定地就地打了几个滚，各自逃开。

农人推开小院门，手中拿着镰刀，复套起毛驴车向着田野走去。

小麦开始灌浆，农人们忙着插秧。

燕子，捕食回巢，落在巢边，欢快地歌唱。

小满

百草迎风半熟桃，

千寻麦浪卷金涛。

期盼天公常作美，

田野家家磨镰刀。

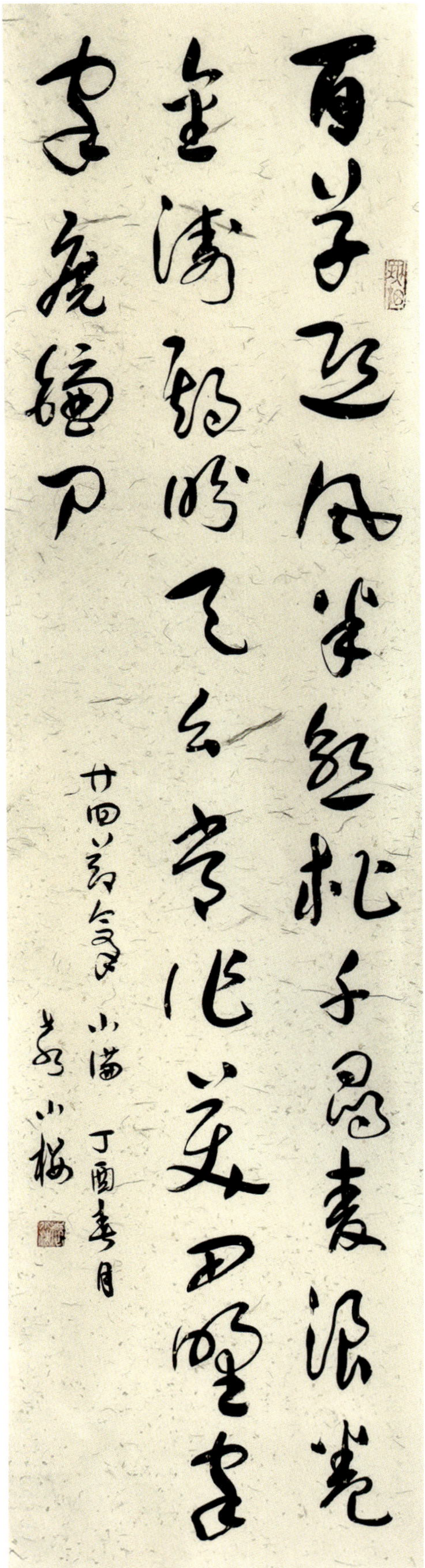

小满

131cm×33.4cm　2017年

小 满

丁酉年

四月二十六日

宜扫舍平道

忌置业安床

苦菜秀

靡草死

麦秋至

小满　虞美人

100cm×80cm　2018年

yuan xiaolou 2018

芒种

万物始发

初候，

螳螂生。俗名刀螂，说文名拒斧。

二候，

鵙始鸣。鵙，屠畜切，伯劳也。

三候，

反舌无声。反舌，鸟也。

每年阳历的6月6日前后，太阳到达黄经75°时开始。《月令七十二候集解》：“五月节，谓有芒之种谷可嫁种矣。”

太阳灼烤大地，金灿灿的麦浪，一波一浪随风翻动。田野喧闹繁忙。不论是安在草窠的，树杈的，还是崖洞里的鸟儿，往返田野和巢穴之间，捕捉昆虫，喂食幼鸟。

正值午时，太阳灼烤，疲惫不堪，无精打采的小昆虫找到缝隙藏了起来。靠近田埂的渠边的草窠里，螳螂产子。一条小鱼儿在即将被太阳烤干的渠水中焦急地游弋。

织网的蜘蛛，躲在麦秆上，等待着美味的到来。被毒烤的大甲虫饥饿难耐，看见刚出生的螳螂，疾速飞捕。甲虫叼着小螳螂向着麦田飞去，没看到两株麦秆中间的蛛网，扑了个正着，网在中央，拼命挣扎，慌乱中小螳螂被抛在蛛网的边缘，一只腿被黏住，悬空挣扎。

一切太突然，等雌螳螂反应过来，双腿一蹬，扑了过去。

躲在角落里的蜘蛛，感觉网动，知道有猎物闯入领地，迅速移动。

蜘蛛吐丝，与甲虫大战。甲虫左蹬右踹，撕咬蜘蛛。蜘蛛左躲右闪，一时难分胜负。

雌螳螂刚好扑在甲虫的背上，用锋利的大钳子钳住甲虫的头部，痛得甲虫发疯，钳子乱挥，钳住蜘蛛的前腿。

螳螂、甲虫、蜘蛛互斗着。蛛网纤细，没能承受住它们的重量，把撑蛛网的麦秆拉断了。小螳螂被弹出，碰到一株麦秆，顺势紧紧抱住。

雌螳螂钳断甲虫的一只触角，甲虫咬折了蜘蛛的一只前脚。痛加大了各自的力量。麦秆断了，甲虫挣脱蛛网重重摔在地上。螳螂就在甲虫落地的一瞬，双腿一用力，弹跳出去，落在小螳螂的身旁。

蜘蛛恼羞成怒，扑向甲虫，没想到扑空了，悬在水渠上。

——戏水的小鱼跃出水面，张口吞食。

——鸟儿疾速掠过，叼走就要到小鱼口中的蜘蛛。

——躲在麦田埂阴凉处的癞蛤蟆，伸出长舌，卷向小螳螂。

雌螳螂叼起小螳螂，没入草丛中。

斜阳西下，农人驾着牛车，伴着夕阳回家。牛车上农家小孩的玻璃瓶里，一条小鱼儿游来游去。

芒种

黄梅四月偶间晴，

反舌破壳隐旧声。

乡野农家无闲客，

插秧播种五更行。

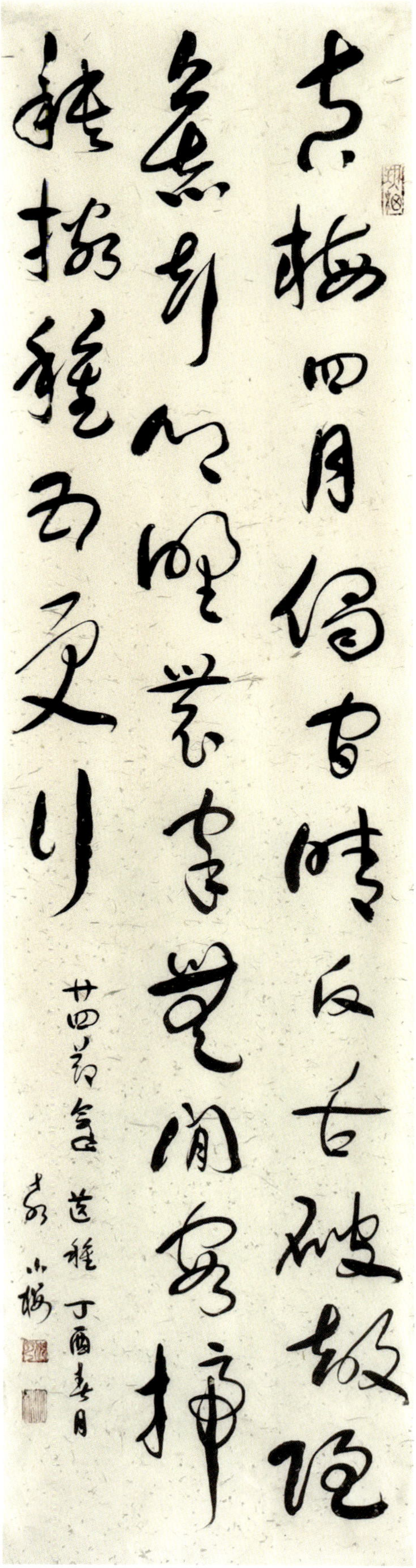

芒种

131cm×33.4cm　2017年

芒种

丁酉年

五月十一日

宜日值月破

忌大事不宜

螳螂生

鵙始鸣

反舌无声

芒种　金银花

100cm×80cm　2018年

yuaxiaolou 2018

夏至

万物阳升

初候，

鹿角解。阳兽也，得阴气而解。

二候，

蜩始鸣。蜩，音调，蝉也。

三候，

半夏生。药名也，阳极阴生。

每年阳历的6月22日前后，太阳到达黄经90°（夏至点）时开始。《月令七十二候集解》："五月中……夏，假也，至，极也，万物于此皆假大而至极也。"《汉学堂经解》所集《崔灵恩三礼义宗》："夏至为中者，至有三义：一以明阳气之至极，二以明阴气之始至，三以明日行之北至。故谓之至。"

幽静深邃的森林里，时鸣时停的鸟鸣悠远清脆。

山中流水，时断时续。不时跑出小动物，惊得草丛中山鸡和野兔四散飞逃，稍许复安静。起伏的坡上开满了野花，散发着阵阵香味。

刚被暴雨清洗过的森林，干净、清新。菌菇破土而出，引来一群野猪拱食着，享受大自然给予的美食。

蝉从太阳升起的第一缕光开始鸣叫不停。偶作休息，森林里瞬间安静，稍许一只复鸣，尔后便是更加嘈杂的群鸣。躲在树洞里午睡的松鼠，被吵得焦躁不安。

一只成年鹿借着树干蹭着痒痒，鹿的茸已经很肥壮。一头野猪拱着土，翻食香菇。躲在暗处的土豹子，盯着拱土贪食的野猪。

野猪只顾低头拱土吃食，丝毫没有察觉周围潜伏的危险，不自觉地靠近了土豹子。

小松鼠扑捕鸣蝉，不小心碰断一根小树枝，挂在枝上的松果跌落，砸向一群吃草籽的山鸡群，惊得山鸡扑棱棱地乱飞。野鸡惊动了蹭痒的鹿和拱土吃食的野猪，没头没脑地狂奔。

躲在暗处的土豹子，弓起身子，扑向野猪。

野猪受到惊吓，没头没脑地胡乱冲着土豹子的方向狂奔，和土豹子撞到了一起。

鹿撞倒几只刚飞起的山鸡，又和土豹子相撞。

被土豹子撞飞的野猪重重地撞在了树干上，松鼠被撞得跌下树来……

瞬间乱成一团的动物们，似丢了魂，四散奔逃，瞬间没了踪影。

吵吵闹闹的蝉，安静下来，稍许复鸣叫……

森林幽静。一束阳光洒在一棵干枯的树干上。

夏至

雷惊五月亦天晴，
蝉唱梧桐万树鸣。
遥想贺兰花草盛，
又思屈子寄诗情。

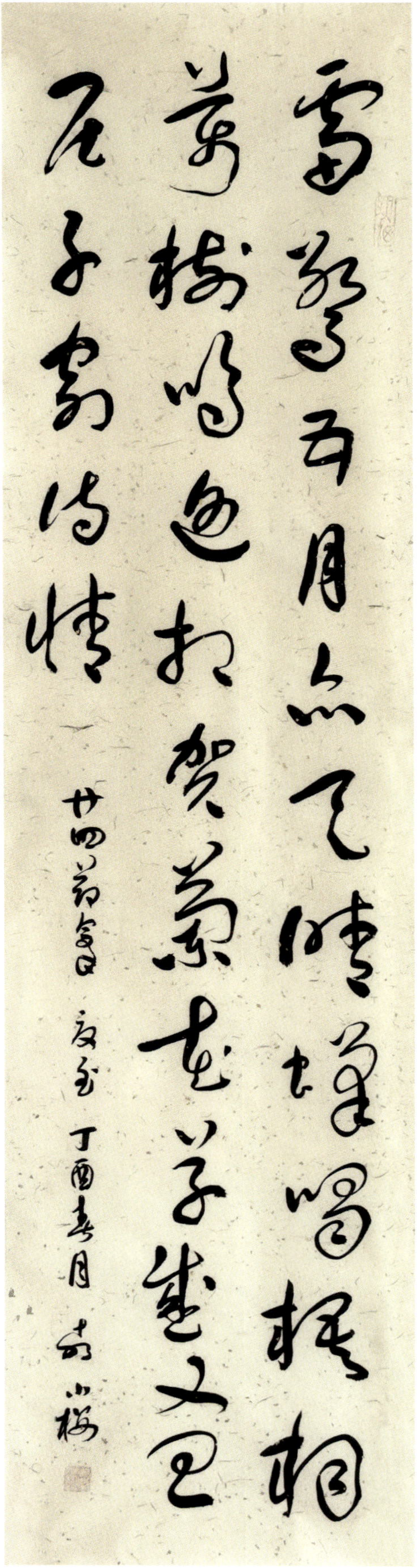

夏至

131cm×33.4cm　2017年

夏至

丁酉年

五月二十七日

宜日值岁破

忌大事不宜

鹿角解

蜩始鸣

半夏生

夏至　蜀葵

100cm×80cm　2018年

yuanxiaolou 2018

小暑

万物初华

初候，

温风至。

二候，

蟋蟀居壁。亦名促织，此时羽翼未成，故居壁。

三候，

鹰始鸷。鹰因为不堪地面的高温而在高空活动。

每年阳历的7月7日前后，太阳到达黄经105°时开始。《月令七十二候集解》：“六月节……暑，热也。就热之中，分为大小，月初为小，月中为大，今则热气犹小也。”

熟透的西瓜，爆裂开来，任由焦阳灼烧。

风不带一丝凉意，热浪连绵不绝，即使有一股风拂来，树叶依旧纹丝不动。

老黄狗懒懒地趴在老院大门口的树荫下，吐着舌头喘着粗气。就连平日里喜欢把泥土刨得四处飞扬的母鸡，也似乎是呆了一样，木木地站在干草垛底下，一动不动。喜欢在房顶树上窜上窜下的老猫此刻也躲在丝瓜架下，伸长身子，四仰八叉地躺着，任由耗子嬉戏着，在眼皮底下窜来窜去。

成群的蟋蟀逃也似的从田间地头、草丛纷涌进农家小院，寻得阴凉的缝隙墙洞，躲了起来。感觉天地万物忽然全蔫了，失去了往日的活力和生机。煎熬着、残喘着。

夏夜，暑气渐消。

蟋蟀鸣叫。老猫恢复了活力，追着白天逗它的耗子。夜似乎比白天更懂夏的心思，变得多情。树叶似有了生气，随风摆动。

夏季也是苍鹰训练幼鸟的最佳季节。训练是给雏鸟力量和勇气，让雏鸟快速成长为真正的雄鹰，去翱翔苍穹，搏击长空。老鹰带着幼鸟站在土崖上。

成群的蜻蜓、蝴蝶和不知名的昆虫飞舞着、嬉戏着。一只孤独的狐狸，捕食着被太阳烤得疲惫不堪的田鼠，惊起成群的蚂蚱，鹌鹑连飞带跑，四散窜逃。

跟在浇灌玉米地农人身后的老黄狗，见草丛中惊起的鸟儿，玩兴大起，扑向四散窜飞的鹌鹑。

老黄狗蹿进草丛，看见正在刨田鼠洞的狐狸，身子伏了下来。

幼鸟看着如此高的土崖，迟疑着。忽然老鹰猛啄幼鸟的翅膀将其推将下去。

刨田鼠洞的狐狸被幼鹰吸引，放弃了田鼠，向着幼鸟跌落的地方奔跑。

老黄狗见狐狸奔跑，也从草丛中蹿起，狂追。草丛中的鸟虫被狐狸和老黄狗搅得四散奔逃。

幼鸟眼看就要落地，它知道如果不再飞起来，跌落将会被摔死，即使不摔死，受伤也会被其他动物吃掉。幼鸟扑打翅膀，奋力向上飞。

老鹰站在土崖上，看见扑向幼鸟的狐狸和老黄狗，疾速起飞。

狐狸先到，张着嘴，左右窜着捕食幼鸟。老黄狗拼命地扑向狐狸。

幼鸟即将跌落，狐狸扑向幼鸟。老鹰也已飞到，伸出锋利的双爪，一前一后刺向狐狸。狐狸惊得忙往左侧一闪。狂奔的老黄狗没能收住，和扑空的老鹰撞在一起。

幼鸟落地的一刻，扑棱奋力飞起，飞向土崖。狐狸被黄狗撞得丢了魂，一溜烟向草丛遁去。

老黄狗被撞蒙了，“嗷嗷”地哀叫着，夹着尾巴朝着农人跑去。

被撞翻在地的老鹰，翻起复飞……

蜻蜓、蝴蝶飞舞着、追逐着。草丛中的野鸡、野兔觅食。

农人背着手，牵着老黄牛。老黄狗摇着尾巴，上蹿下跳地跟在农人身后，迎着夕阳晚归。

爆裂的西瓜，化为水。

小 暑

野陌幽庭雨化风，
风中热浪柳打蓬。
寻凉蟋蟀藏墙里，
雄鹰展翅破碧空。

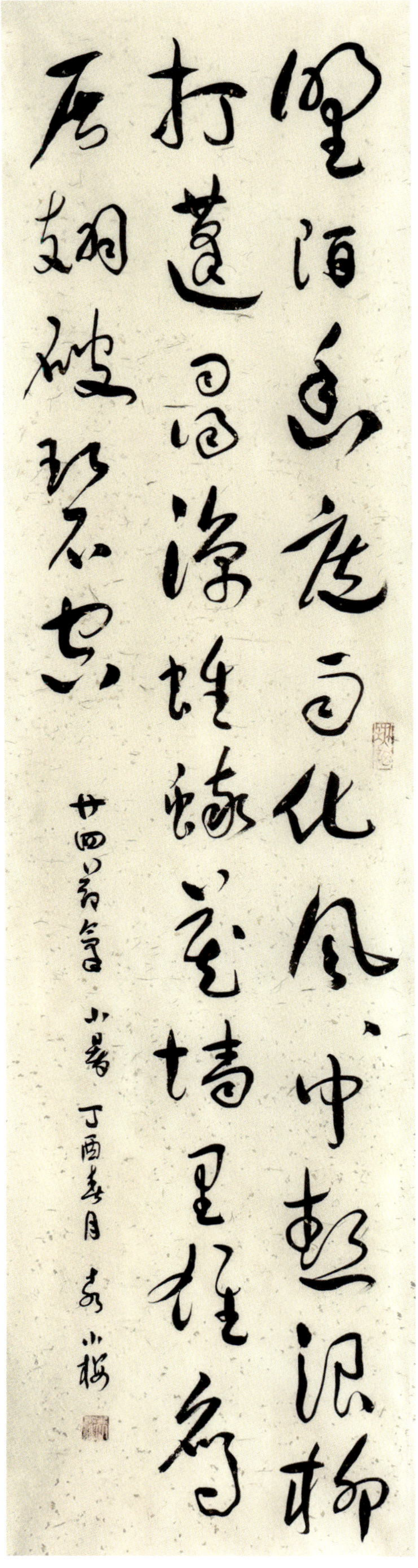

小暑

131cm×33.4cm　2017年

小 暑

丁酉年

六月十四日

宜出行嫁娶

忌栽种行丧

温风至

蟋蟀居壁

鹰始鸷

小暑　凌霄花

100cm×80cm　2018年

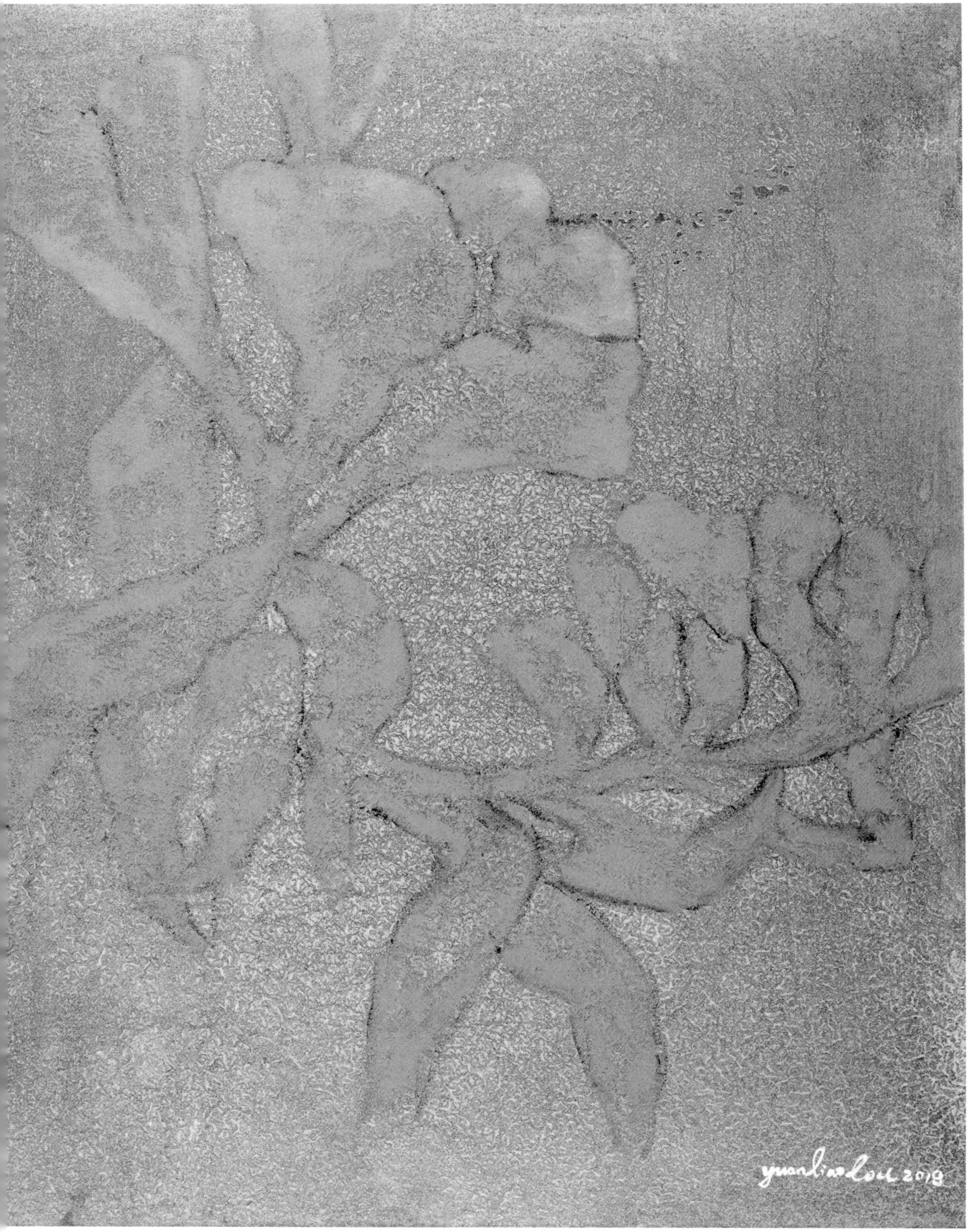
yuanliaoloch 2018

大暑

万物荣华

初候，

腐草为萤。离明之极，故幽类化为明类。

二候，

土润溽暑。溽，湿也。

三候，

大雨时行。

每年阳历的7月23日前后，太阳到达黄经120°时开始。《月令七十二候集解》：“六月中，解见小暑。”《通纬·孝经援神契》：“小暑后十五日，斗指未为大暑，六月中。小大者，就极热之中分为大小，初后为小，望后为大。”

热气不断从土地、河流升腾。不知名的杂草在升腾的湿气中死去，变成腐溽，风干葬于土，滋养大地。

被白天灼毒的阳光烤得无处躲藏、疲惫不堪的动物、昆虫们，每至夜晚，纷纷从藏身处跑出来，呼吸清新空气，享受夜的凉爽。

跑出洞穴的田鼠，草丛中追逐着、嬉戏着，不时搅起成群的萤火虫。夜因萤火虫的激情燃烧变得美丽。

盛夏天无常，几分钟前还是晴空万里，阳光灼热，一眨眼就会狂风大作，豆大的雨点，劈头盖脸砸下来。雨水越多湿气越重，上升的胎气混合着热浪，使得夏天更闷、更燥。

宅院前，有条小渠，几天暴雨，渠水暴涨，几乎漫过埂坝。水面漂满浮物。在水渠和坝的一边有一滩水洼地。原本是一滩死水，长满绿苔，飘满浮物。连续几天暴雨，使得死水变得活泛。一只大癞蛤蟆是这滩水洼的霸主，护着一群小的癞蛤蟆捕食着昆虫和水面上的浮游生物。

雨一直下，躲在水滩不远坡洞里的一条蛇，被雨水堵得没法觅食，已经饿了好几天。探着脑袋，吐着信子，盯着水滩洼里的大癞蛤蟆。

一只刚学会飞的麻雀，落了单，疲惫地落在水滩洼边的树枝上。就在落单小麻雀背后，一条花蛇盘在树枝上用树叶伪装着。

盛夏的雨，来得快，去得也快。雨忽然停了，天空放晴。小麻雀抖落雨水，梳理羽毛，欢快地鸣叫着。

水滩洼里的大癞蛤蟆，鼓起腮，“嘭”地喷出一股气。气的腥味和力道，震得滩水起了波浪，就连滩水中的芦草也倒向蛇洞。躲在洞中的蛇被熏得向洞内蜷缩。

这股气也熏到了离水面不高树杈上正在梳理羽毛的小麻雀。小麻雀惊恐得鸣叫起来，四处张望。大癞蛤蟆鼓起腮，伸长舌，卷向小麻雀。

躲在洞中的蛇，见大癞蛤蟆和小麻雀，感觉有机可乘，探出身子。藏在树上的花蛇，盯着惊恐的小麻雀，伺机而动。

小麻雀感觉到危险，抖抖羽毛，忽然飞起。说时迟，那时快，大癞蛤蟆伸出长舌卷向小麻雀，树上花蛇张嘴猛地扑向小麻雀。洞中蛇像是空中飞舞的绳飞向大癞蛤蟆。

小麻雀紧贴着大癞蛤蟆的长舌边飞过去。花蛇咬住了大癞蛤蟆长舌的边缘。洞蛇的头被大癞蛤蟆裹住卷起。腾空的洞中蛇，扑进大癞蛤蟆的巨型大口内。

大癞蛤蟆收回舌头，两条蛇的头同时裹进大癞蛤蟆的口里，蛇尾毫无方向地乱卷。

两条蛇和大癞蛤蟆搅成一团，跌入渠水中……

暴雨后，湿气更大，土润溽暑，腐草更衰，天逐渐变凉。

大 暑

萤虫破卵点灯燃，

云淡影疏入梦难。

夜半蝉鸣频忧客，

披衣推窗乘风眠。

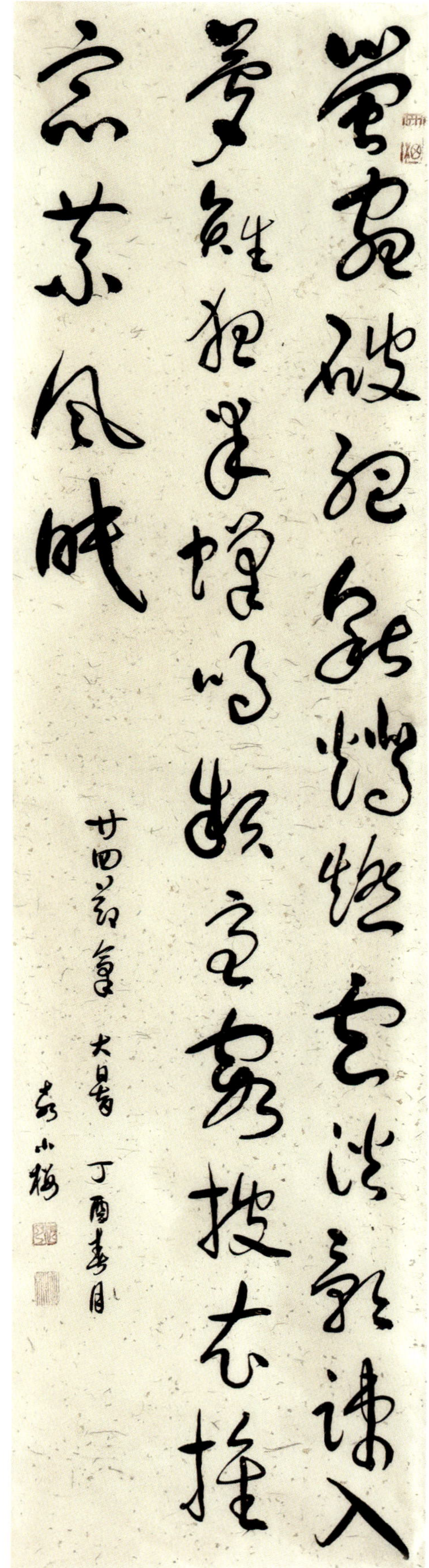

大暑

131cm×33.4cm　2017年

大 暑

丁酉年

六月二十九日

宜平道饰垣

忌结网动土

腐草为萤

土润溽暑

大雨时行

大暑　蓝莲花

100cm×80cm　2018年

yuanxiaolou 2018

立秋

万物成熟

初候，凉风至。

二候，白露生。

三候，寒蝉鸣。蝉小而青赤色者。

每年阳历的8月8日前后，太阳到达黄经135°时开始。我国习惯以立秋作为秋季开始的节气。《月令七十二候集解》：“七月节，立字解见春。秋，揫也，物于此而揫敛也。”

金色大地，繁华似锦。

成群结队的蚂蚁，把野洼地里成批成批的昆虫尸体拖回巢穴，以备漫长的冬季。一阵秋风，几片树叶砸了下来，挡住蚂蚁的去路，小蚂蚁齐心协力，掀开树叶，继续前行。

秋的旷野，沟渠纵横。没有完全干涸的水渠，一股细流断了小蚂蚁的路。蚂蚁被堵在岸边，越聚越多，黑压压一片。

小蚂蚁相互用触角碰了碰，便行动起来。一群蚂蚁钻进草丛，一会儿一根很长的树枝被抬出来。蚂蚁有序地前拉后推，很快树枝被推过了渠的对面。部分小蚂蚁丢了生命，活着的蚁群不畏艰难，前赴后继，最终架起一座桥，大队蚂蚁拖着越冬的食物凯旋。

人类的生命本就很短，自然中总有一些飞禽走兽、昆虫等的生命更短，但它们总会把生命放大到极致。蚂蚱只能活三季，当生命接近尾声，就会拼命地将卵产在土壤里，然后等待死神的召唤。这正是生命的延续。

麻雀在田野和鸟巢之间忙碌，分享着秋的丰盛美食。小甲虫拖着食物，却未料到成了麻雀和小蚂蚁的食物。

一只垂死的蚂蚱被一只蚂蚁咬住脑袋，疼得蚂蚱使劲地甩着。蚂蚱用长长的后腿拨着自己的脸，把蚂蚁拨了下来，慢慢地向着草丛爬行。小蚂蚁缩成一团，痛苦地翻滚着，几只蚂蚁正拖着食物路过，见状，触角相互碰，一只小蚂蚁丢下口中的食物匆匆离去。

一会儿成群的蚂蚁从四面八方集结。

受伤的小蚂蚁翻滚的力度逐渐缓了下来，偶尔抽一下，不久便死亡。

蚂蚁群向着草丛追了过去，很快捕到蚂蚱。一通狂咬，蚂蚱绿色的肌肤瞬间变了颜色。

蚂蚁群扛着被肢解的蚂蚱尸体，浩浩荡荡凯旋。

秋由盛而衰，天地肃始，农人祭白帝护佑年昌。

立 秋

溪清湖瘦韵悠悠，
渐弱蝉音老树头。
燕影低回星宇淡，
绿林深处放歌喉。

立秋

131cm×33.4cm　2017年

立 秋

丁酉年

闰六月十六日

宜会友嫁娶

忌祭祀

凉风至

白露生

寒蝉鸣

立秋　蓝雪花

100cm×80cm　2018年

yuanxiaolou 2018

处暑

万物始萧

初候，

鹰乃祭鸟。鹰，杀鸟。不敢先尝，示报本也。

二候，

天地始肃。清肃也，褰也。

三候，

禾乃登。稷为五谷之长，首熟此时。

每年阳历的8月23日前后，太阳到达黄经150° 时开始。《月令七十二候集解》：“七月中，处，止也，暑气至此而止矣。”

秋风，河堤两岸飘来阵阵稻香。

饱满的稻穗底下满是智慧的头颅，随风扭动着迷人的腰肢。旷野一望无际，沉甸甸的高粱羞红着脸，齐整整地垂下头。秋风轻拂，发出诱人的声响。

惊艳的秋，装点大地，处处美景迷人。金灿灿的大地，到处彰显着成熟的魅力。农人面露喜色，忙着打扫仓库，收拾农具，准备着收秋。

各种有名的、无名的花花草草，怒放着，娇艳地展示着最后的妩媚。草丛中的蛐蛐，唱着挽歌。成群的蚂蚱成了飞鸟的美食。

野洼地里的仓鼠，草丛里的野兔纷涌出洞穴，争抢着庄稼地里的果豆。成群的牛羊家畜，横扫着秋收留下的残食。成群结队的新生鸟雀们享受着成熟的秋。

鹰盘旋在空中，俯视着旷野，时而高飞，时而低翔，搜寻着落单的鸟雀、家禽和野兔。

成群牛羊悠闲地吃着草，野鸡、雀鸟们啄食着草籽和昆虫。后肢站立、前肢垂胸，四处张望的黄鼠和肥肥壮壮的仓鼠叼着农人散落在野的豆粒拖往洞穴。

猪獾钻出地洞来。

一条即将进入休眠的大花蛇，吐着信子，趁乱捕食田鼠和落单的雀鸟。

空中盘旋的鹰和躲在田埂边树上的鹞子注意到了野兔。大花蛇看见灰野兔和肉乎乎的猪獾。野兔似乎感觉到了潜在的危险，后腿撑着四处张望。见无事便叼起玉米棒退离猪獾不远，享受美味。

鹞子轻轻飞起，无声息扑向灰兔。苍鹰垂直从空中扑将下来。躲在洞口的大花蛇，曲着身子，吐着信子卷向灰兔，蛇尾像鞭子一样甩向猪獾。野灰兔后背着地，四肢朝天躺着。猪獾丢下食物，挪动着肥胖的身子逃跑。

苍鹰扑向倒地的野兔。鹞子斜喇喇地扑向倒地的兔子。大花蛇吐着信子咬向野兔。野兔四脚用最大的气力猛蹬出去。鹞子没能收住撞向苍鹰，大花蛇咬住苍鹰的一只爪子，蛇尾扫中鹞子的一只爪子。

苍鹰被鹞子猛撞了一下，又被大花蛇咬住爪惨叫，侧着跌翻在地翻滚。大花蛇缠着苍鹰，被带着翻滚，撞在了正逃跑的猪獾身上。猪獾被撞进洞里。

鹞子撞飞苍鹰，被大花蛇扫中，哀嚎，又被野兔狠狠地蹬中，慌不迭地逃之夭夭。

惊魂未定的兔子翻起，一溜烟逃回洞中。苍鹰跌跌撞撞复飞。大花蛇甩出，惊起一群正在吃食草籽和昆虫的鸟雀。

蛇慌不择路，见一洞口，蹿了进去，这是胖仓鼠的洞穴，胖仓鼠吱吱叫着，硬从蛇的身边挤出逃向洞外……

惊起的牛羊、鸟雀们乱成一团，四散奔逃。旷野扬起浓浓的灰尘。稍许复安静，鸟兽家畜各自享受着秋的恩赐。

农人弯腰，镰刀飞舞，收割水稻。

处 暑

入夜西风少有踪，

鸟哀无助祭苍鹰。

草枯叶黄蛐声断，

秋意忽来入五更。

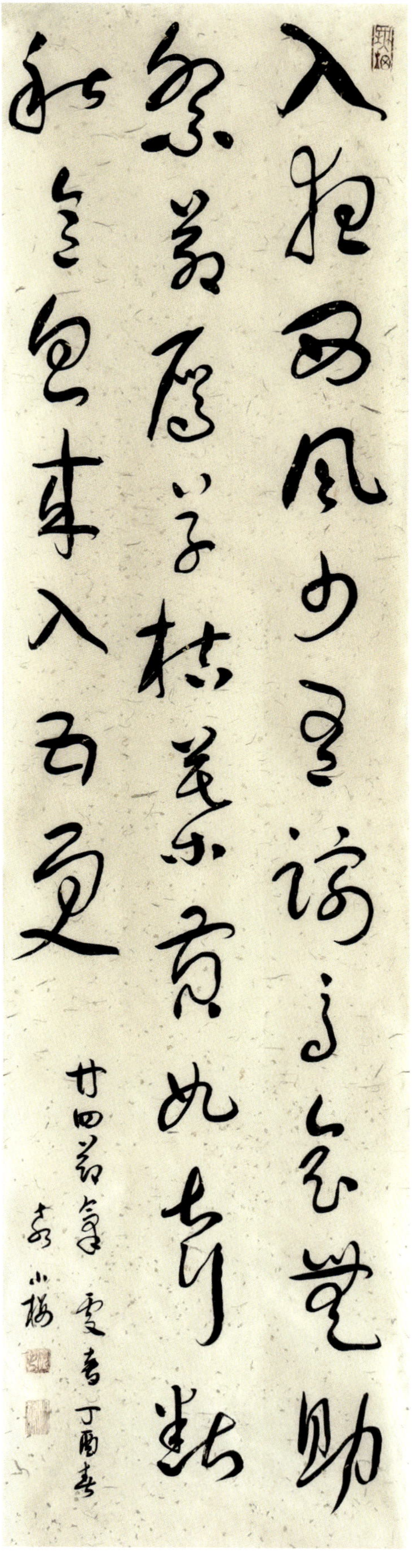

处暑

131cm×33.4cm　2017年

处 暑

丁酉年

七月初二日

宜出行会友

忌开渠

鹰乃祭鸟

天地始肃

禾乃登

处暑 玉簪

100cm×80cm 2018年

yuan xiaolou 2016

白露

万物凝霜

初候，

鸿雁来。自北而南也。一曰：大曰鸿，小曰雁。

二候，

玄鸟归。燕去也。

三候，

群鸟养羞。羞，粮食也。养羞以备冬月。

每年阳历的9月8日前后，太阳到达黄经165°时开始。《月令七十二候集解》：“八月节……阴气渐重，露凝而白也。”

晨起，微凉。

青鸟飞过，枯叶飘落。

田间秋作物成熟，园内瓜果丰收。

北方时令节气较分明。白露已微寒，逐渐衰败的草叶挂满露珠。

燕子春来筑巢、孵化、养育。至秋，雏燕儿已长大，老燕子带小燕子学习飞翔、捕食。秋意尽，小燕子在旷野飞翔，很少回屋檐下的窝里。

微寒的天气给鸟雀传递着季节的信号，候鸟南飞，留鸟准备过冬的食物。大鸿小雁排着队，鸣叫着从农人屋顶上空飞过。惹得家鸭、家鹅和着歌声，扇动翅膀，翩翩起舞，似要随雁南归。

苍穹空灵，风稀月明，蟾光映帘，细碎的影子照在农家小院，满院落花，似片片蝴蝶。农人在庭院里摆上供桌，庆贺丰收，祝愿嫦娥仙子月宫幸福。

躲在墙角的昆虫，弱弱哀鸣。这是蛰虫们最后的疯狂。蛙找到冬眠的洞穴，慢吞吞地伸长四肢，缓缓地爬进洞中。

中秋月儿似玉盘，挂在净空中。小院在偶尔一两声虫叫中显得格外寂静。鸡已回窝，不时传出一两声咯咯的低鸣复归于安静。守护宅院的大黄狗儿躲在鸡舍不远的狗窝里养起了神。

一只落单雁，借月光鸣叫。夜鹰听到孤雁哀鸣，顺着声音定着孤雁的位置。孤雁飞得很低，飞过树梢，看到农人庭院栅栏里的鸭鹅群，似乎看到了希望，扑打着翅膀落下来。

夜鹰看到孤雁向着鸭鹅群落去，猛地扑将过去。

养神的黄狗，被噪乱的叫声惊醒，见孤雁就要滑落家鸭鹅群。一只大夜鹰，扑向孤雁……

家鸭鹅、群鸡，伸颈呼唤鸣叫，瞬间小院热闹了起来。夜鹰直扑而下，大鹅张开翅膀，护住孤雁。黄狗，龇牙低吼，冲夜鹰猛扑过去。

几只大鹅，围成一个圆，护着孤雁，伸长颈啄向夜鹰。夜鹰被群鹅反攻后倒地，慌忙飞逃，被扑过来的黄狗咬掉几根羽毛，跌跌撞撞地飞逃，消逝在月夜……

中秋月在一团阴云中露出，更加妩媚迷人。

白露

寂野听蛰热气收，
晨风叶落雁哀喉。
鸣虫夜夜弹乡曲，
莫恨知音意不留。

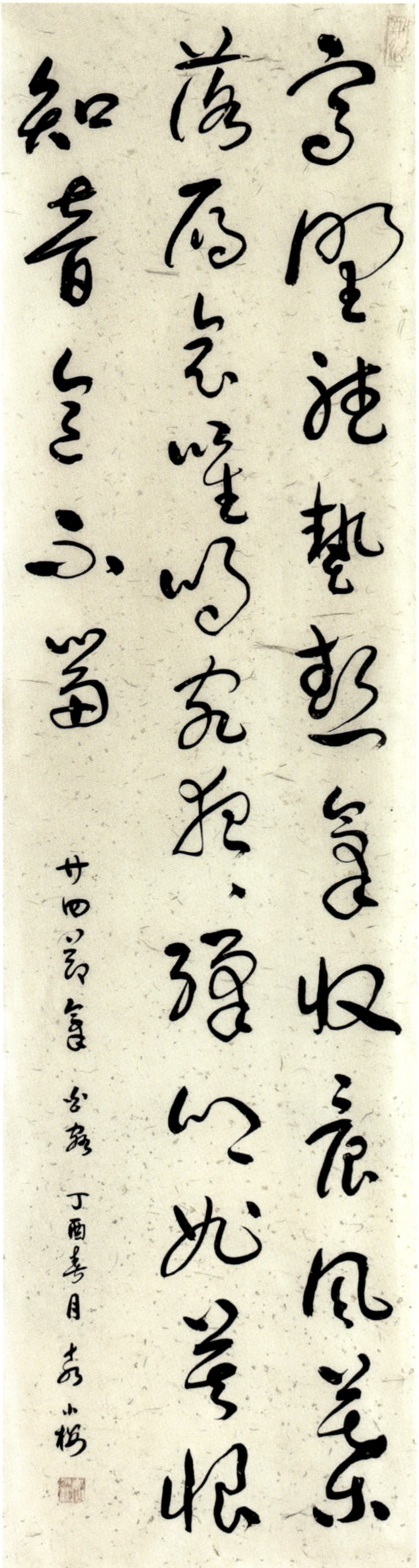

白露

131cm×33.4cm　2017年

白 露

丁酉年

七月十七日

宜纳采订婚

忌理发整容

鸿雁来

玄鸟归

群鸟养羞

白露　昙花

100cm×80cm　2018年

yuan Xiaolou 2018

秋分

万物始凋

初候，

雷始收声。雷于二月阳中发声，八月阴中收声。

二候，

蛰虫坯户。坯，昔培。坯户，培益其穴中之户窍而将蛰也。

三候，

水始涸。《国语》曰：『辰角见而雨毕，天根见而水涸……雨毕而除道，水涸而成梁。』辰角者，角宿也。天根者，氐房之间也。见者，旦见于东方也。辰角见九月本，天根见九月末，本末相去二十一日余。

每年阳历的9月23日前后，太阳到达黄经180°（秋分点）时开始。《月令七十二候集解》：“八月中，解见春分。”《春秋繁露·阴阳出入上下篇》：“秋分者，阴阳相半也，故昼夜均而寒暑平。

晚秋，半亩鱼池就要干涸，几簇芦苇枯黄。漂浮着残败的莲，蜷起半黄的叶。

老树叶，随秋风稀稀拉拉飘落。落地的叶儿又被秋风卷起，向着村头巷尾翻滚。

秋跟着秋风的脚步，从盛向衰走来。秋意越来越浓，季节的脉络越来越清晰。旷野绿意逐渐被浓烈的金黄替代，生命热烈而更富激情。

水獭躲在水池边的洞穴里，洞口一簇芦苇作为掩护。每天偷偷地溜出来，捕食几条少了戒备的鱼儿，饱餐后再拖进几条入洞储存起来。

鱼无水会死，水没有鱼则更清。池中鱼儿搅动着水变浑，不时地探出脑袋呼吸新鲜空气。芦苇丛中溜出不知名的水生动物，探着脑袋捕食水面的浮生昆虫。

晚秋越来越凉，甚至已起寒意。南归的雁群一天比一天多。一只白鹭连续几天停留在水池的浅滩，捕食着浅滩中的小鱼。

鹭的出现，影响了水獭捕鱼，更加小心谨慎地快速出击，捕食后迅速逃回洞中。

躲在池边草丛里偷鱼的野狸，看到了白鹭，观察着白鹭的活动，等待着机会。

一只落单疲惫的灰雁，停了下来，补充能量，与白鹭为伴，等待着雁群。

几天后的早晨，一群南归雁飞至水池上空。一阵噪乱的鸣叫，白鹭听到，张开了翅膀，踩着水翩翩起舞。落单休养的灰雁，扑棱着翅膀，欢快地和舞，唱着歌，和着天空中的雁鸣。

躲在枯草丛中的野狸，盯着水池中翩翩起舞的白鹭和灰雁。藏在洞中的水獭也被鸟的叫声惊醒，伸出脑袋，一探究竟。

白鹭和灰雁时而跃起，时而亮翅，优雅的舞姿，倒映在水中更加妖娆。做完告别仪式的白鹭和灰雁，向南踩着水滑翔着。野狸从池边，张大嘴凌空扑将过去。

野狸扑空，失去重心，冲着池边水獭的洞穴撞了过去。洞口张望的水獭，被野狸一头撞进洞里。野狸脑袋和半个身子卡在洞里，后腿陷在泥泞中，挣扎着……

白鹭滑翔一段后，复停下。望着归群的灰雁，孤独地在田野里鸣叫着徘徊，扑打着翅膀。

一阵略带寒意的秋风刮过，几片枯的残叶落在泥泞中。野狸灰溜溜地站在池边，抖落浑身的泥浆，对着南归的雁群发呆。

秋分至，昼夜相半，阴气起而阳渐衰。

秋分

时节有序夜昼平，
九月飞鸿万里征。
秋水望穿河露白。
青烟一斗到天明。

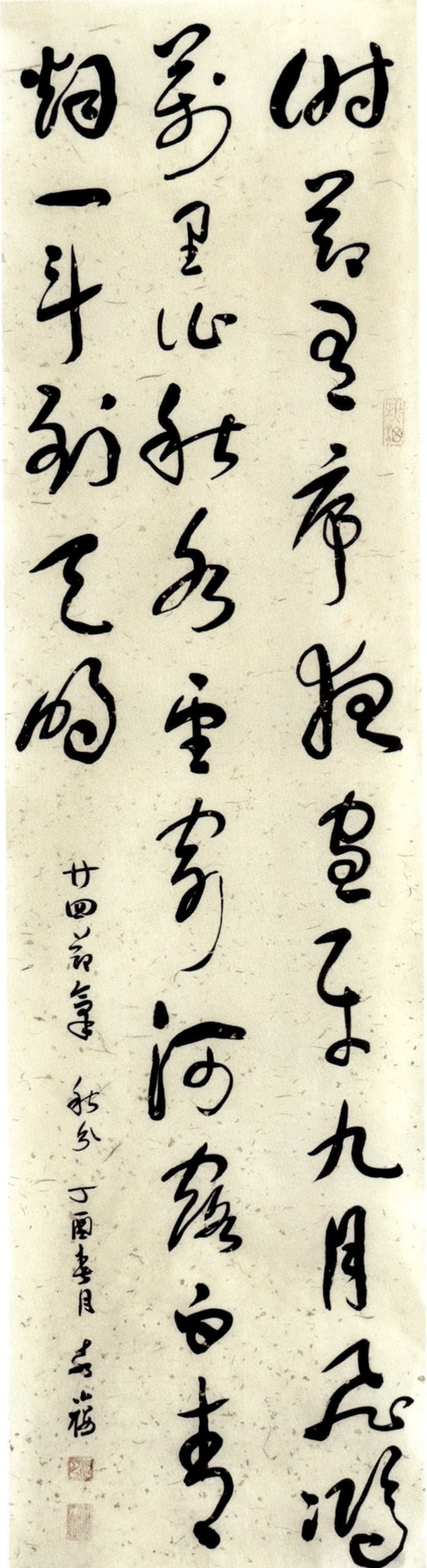

秋分

131cm×33.4cm　2017年

秋 分

丁酉年

八月初四日

宜交易出行

忌词讼取鱼

雷始收声

蛰虫坯户

水始涸

秋分　金菊

100cm×80cm　2018年

yuanxiaolou 2008

寒露

万物固始

初候，

鸿雁来宾。宾，客也。先至者为主，后至者为宾，盖将尽之谓。

二候，

雀入大水为蛤。飞者化潜，阳变阴也。

三候，

菊有黄华。诸花皆不言，而此独言之，以其华于阴而独盛于秋也。

每年阳历的10月8日前后，太阳到达黄经195°时开始。《月令七十二候集解》：“九月节，露气寒冷，将凝结也。”

晨曦，微寒。

荷池半残莲叶，凝聚成霜，成珠成露，晶莹似珍珠。

红日东升，淡淡薄雾，朦胧着村前屋后的树林和莲池。几丝薄薄的白云似挂在林梢。晨日映照下，秋叶红的更火，黄的更灿烂。

寒露至，秋意浓，南方的秋，蝉噤荷半残。北方乡野屋后的野池深处，池水冻寒，鱼儿游向较暖的浅水边，簇拥着，呼吸着。

野池前，半坡林边开满野花；沿着乡野曲曲弯弯的羊肠小道，铺满多彩娇艳的野菊，芬芳香韵，扑鼻而来，沁人心脾。

草木纷谢之时，独菊于阴寒凝露的秋，傲然绽放。或雍容华贵，或叠叠纤纤把花蕊裹起；争相娇艳，凌霜不凋，气韵高洁。

野池，残荷凝霜，一对南归的雁几天前来到这里，暂作休整。它们在野池扇扇翅膀，啄啄羽毛，在残荷间嬉戏。偶碰一株半枯萎的莲枝，掀起涟漪，惊得荷摇子落。

遥想盛夏野池荷花，娇艳窈窕，风中似少女翩翩起舞，轻若飞花，娇如落霞。荷在风雨里，傲骨不倒，艳阳下分外妖娆……深秋却似离尘世喧嚣，洞悉心灵之静，素颜冷傲，留芳华芬香于世。

一日，这对灰雁野池嬉戏，一声枪响，雌灰雁应声倒下。雄灰雁扑棱棱，毫无目标地逃命而去。自此，野池在冷霜中更加肃杀。池中的鱼儿，簇在浅滩处，拥挤着，呼吸着。

某日清晨，寒露凝霜，一阵似远若近的鸟鸣，打破了凝固的空气，添了一丝生气。秋云朦胧，略显缥缈，一群南归雁，天际飞鸣。

一声枪响，一只孤单的野鸭应声倒下。一行大雁刚到塘的上空，忽然顶风前行的头雁，鸣叫离队，垂直冲向野池。

猎人弯下腰，划着池水，野鸭随划水向着岸边慢慢漂移了过来。“砰”， 灰雁砸中猎人的后脑勺，猎人一头栽倒野池浅泥中。

秋日残阳，斜照在野池残荷上。原来孤独的灰雁是在落单后，成为另一群南迁雁群的头雁，路过野池悲愤交加，听到枪声，哀鸣离群，撞向猎人。

霜天雾蒙，长空咕鸣的雁群，向南迁徙。

野池中一串残露珠，顺着半卷带绿的残叶滚落池中。

寒露

偶闻衰草有虫歌，
松柳池塘剪败荷。
雁过三秋云影渺，
雀成水蛤古人讹。

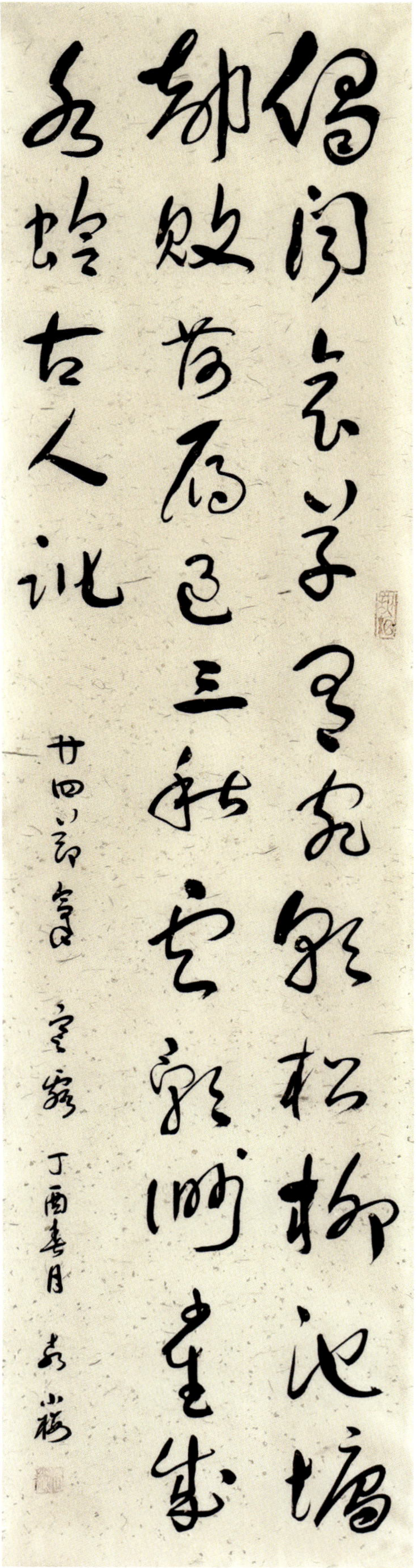

寒露

131cm×33.4cm　2017年

寒 露

丁酉年

八月十九日

宜日值月破

忌大事不宜

鸿雁来宾

雀入大水为蛤

菊有黄华

寒露　金桂

100cm×80cm　2018年

yuanxiaoLou 2018

霜降

万物萧肃

初候，

豺乃祭兽。孟秋鹰祭鸟，飞者形小而杀气方萌，季秋豺祭兽，走者形大而杀气乃盛也。

二候，

草木黄落。阳气去也。

三候，

蛰虫咸俯。俯，蛰伏也。

每年阳历的10月23日前后，太阳到达黄经210°时开始。《月令七十二候集解》：“九月中，气肃而凝，露结为霜矣。”

神秘的天鹅湖，镶嵌在空旷的戈壁。一夜清霜，胡杨金黄。满滩火红火红的红柳娇艳妩媚。

佛说弱水三千，只取一瓢，便能解渴。更有传说老子出函谷关应守令尹喜之邀，留世人五千言《道德经》，而后骑青牛出函谷关没于弱水。

《道德经》就是老子留给后世人的情书。两千多年前老子是孤独的，而如今依然是最孤独的人。据说，孔子问道老子，老子说："水利万物而不争。"孔子闻言悟道："众人处上，水独处下；众人处易，水独处险；众人处洁，水独处秽。所处尽人之所恶，夫谁与之争乎？"不管上流还是下流，其实都是相通的。世间万物，息息相关，相互关联，构成一个和谐整体。长江之源的上流水和沟渠里的下流水是息息相关的，一损俱损，一荣俱荣。每个生命都以其他一切生命为背景，同时也与其他生命同体共悲。不争，以姿态低到尘埃里，但能无所不利，润泽万物。三千弱水做到了：弱而不争。

清晨，候鸟借晨曦游离的微亮，盘旋空中，等待着第一轮阳光的到来，捕食第一口美味。秋风吹拂芦苇荡，沙沙声响。芦苇秆上的鸟巢随风摆动，巢中的鸟儿探出脑袋，四周张望。

弱水之东露出一点光晕，世界瞬间被温暖，被感染，变得美丽。一片红霞，世界改变了颜色，摆脱掉了黛青黑色的束缚，有了生气。

呼啦啦一群一群的鸟儿从芦苇荡、水草、红柳滩、土崖等处，向着初升的太阳集结。弱水瞬间热闹起来，打破了秋晨的宁静。

水草、芦苇，被秋风微微吹皱的细小波浪，被初升的太阳渲染得美艳动人。一只银鸥捕到一条鱼儿，被另外一只看到，纠缠着、鸣叫着，在空中争抢。

两只银鸥，忽左忽右，忽上忽下，忽高忽低，像两个武林高手过招，腾、挪、躲、闪，一招一式打得不可开交。

盘旋的红隼看见斗得激烈的银鸥，俯冲而下，直扑银鸥。争抢正激烈的两只鸟，顿觉危险，红隼似一阵风猛刮来，惊得银鸥忙分开来。

先前捕到小鱼的银鸥，大叫一声，口里的鱼儿跌落。另一只银鸥侧身飞逃而去。红隼没能捕到银鸥，朝掉落的鱼儿直冲去。眼看鱼儿就要跌落水中，红隼加速扑将过去，就在鱼儿落入水中时，被鱼鹰横着拦截而去。

红隼双爪沾到水面，用力猛蹬，复飞起，悻悻离开。

太阳已过三尺竿头，三千弱水充满生机热闹了起来。

霜 降

万物萧瑟伴霜红，

似火晚霞落暮丛。

豺祭虫伏蛹作始，

情系窗外托归鸿。

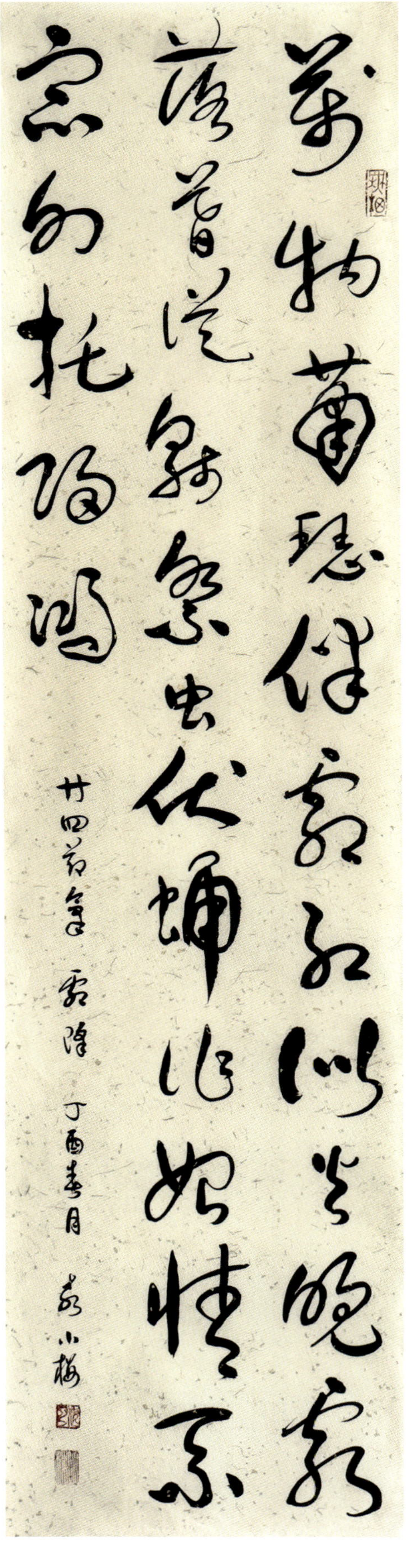

霜降

131cm×33.4cm　2017年

霜 降

丁酉年

九月初四日

宜捕捉结网

忌词讼

豺乃祭兽

草木黄落

蛰虫咸俯

霜降　彼岸花

100cm×80cm　2018年

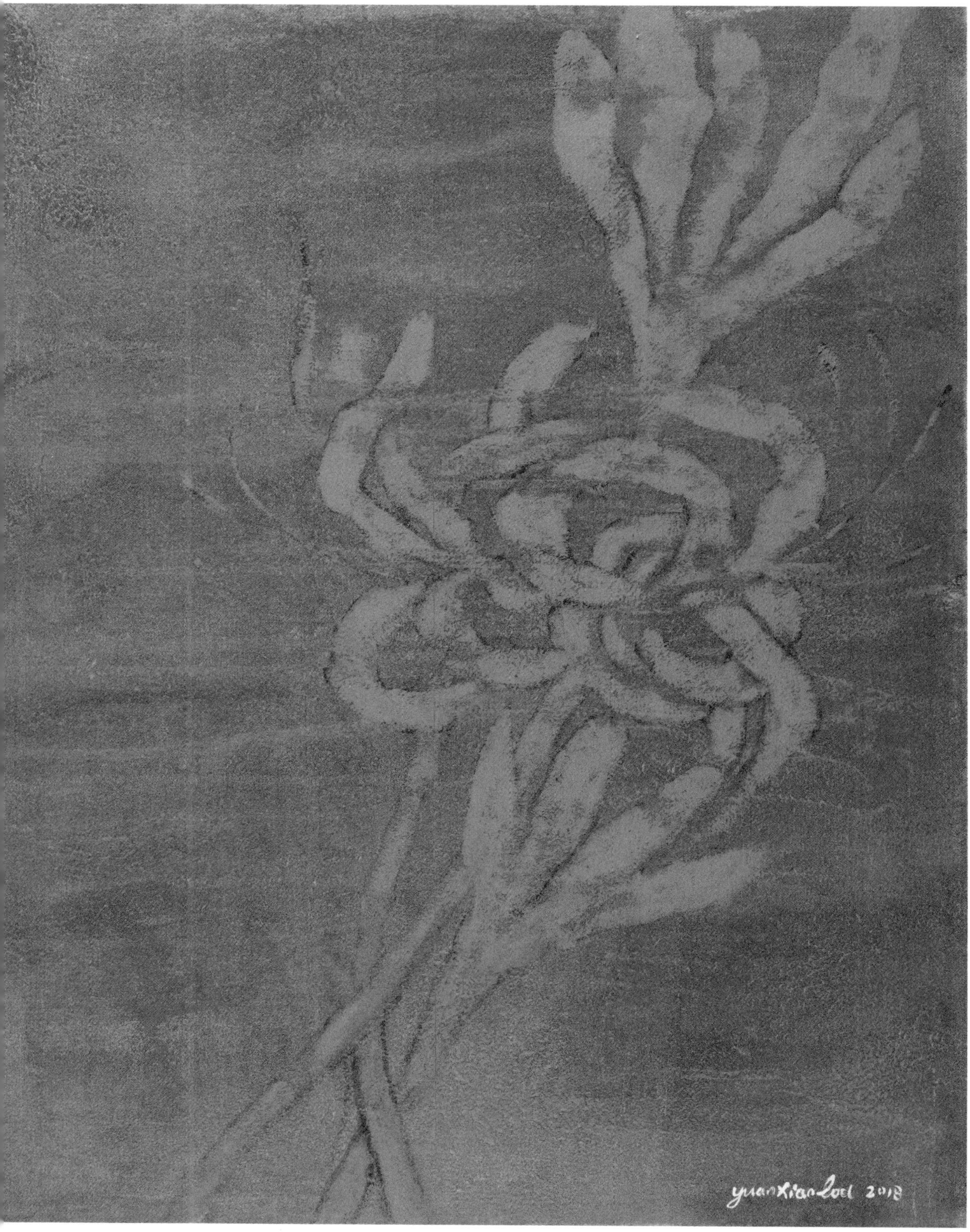
yuanXiaoLoel 2018

立冬

万物收藏

初候，水始冰。

二候，地始冻。

三候，雉入大水为蜃。蜃，蚌属。

每年阳历的11月7日前后，太阳到达黄经225°时开始。我国习惯以立冬作为冬季开始的节气。《月令七十二候集解》：“十月节，立字解见春。冬，终也，万物收藏也。”

枯黄的蒿草，随风摇曳。

几株落得只剩下杆的红柳在秋风中挣扎。

残喘。无力。无助。

一只野兔从红柳丛中的洞穴跑出来，蹦蹦跳跳四周张望。觅食的耗子，被野兔蹦跳惊得四散奔逃，躲回洞里。稍许又探出脑袋，试探着，慎慎地跑出，继续觅食。

干净的天空中几只猛禽在盘旋，野兔远离自己的洞穴有一段距离，寻着食物。

沙滩边的几棵歪脖老柳上，有喜鹊、乌鸦的巢。乌鸦站在巢边梳理着羽毛，不时向滩地的枯草丛中瞅。

寒号鸟的羽毛和土地的颜色极为相似，用土坷垃做伪装是最好。如果不动，很难分清是土坷垃还是寒号鸟。乌鸦看见寒号鸟，猛地扑了过去。

盘旋的鹞子看见野兔，悄悄接近。

野兔，蹦蹦跳跳觅食。鹞子瞅准时机，双爪伸前，疾速斜冲。野兔没有防备，被鹞子逮个正着。鹞子个头小，没有野兔力气大，又惯性使然，没把野兔抓起，反被拽了下来。

野兔和鹞子被惯性拖着连翻带滚地摔了几个跟头……

乌鸦在抓住寒号鸟的一刻，野兔和鹞子滚到了它们之间，惊得乌鸦慌忙飞起。

寒号鸟趁乱短飞，躲在一块土坷垃边。翻起身的野兔拼命逃向洞中。摔在地上的鹞子复飞起，悻悻离开。

一阵寒风卷起灰土，几片残叶枯草向着即将冰封的黄河飞旋而去。

立 冬

寒塘残叶薄冰尘，
向日黄花梅雪真。
喧室肥猫炉前卧。
三杯同饮寄游人。

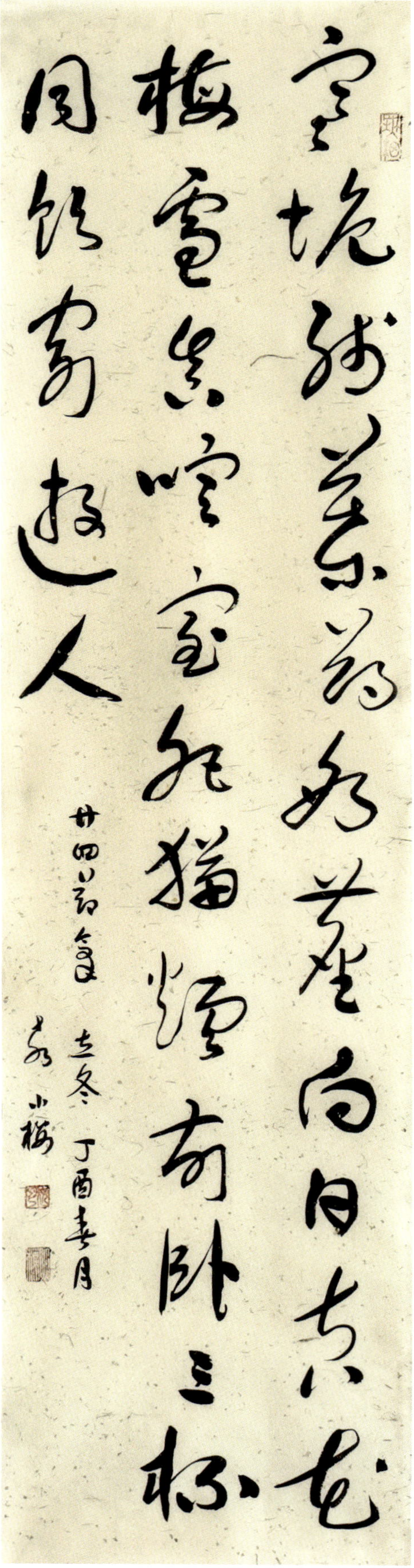

立冬

131cm×33.4cm　2017年

立冬

丁酉年

九月十九日

宜建屋搭厕

忌买田置业

水始冰

地始冻

雉入大水为蜃

立冬 决明花

100cm×80cm 2018年

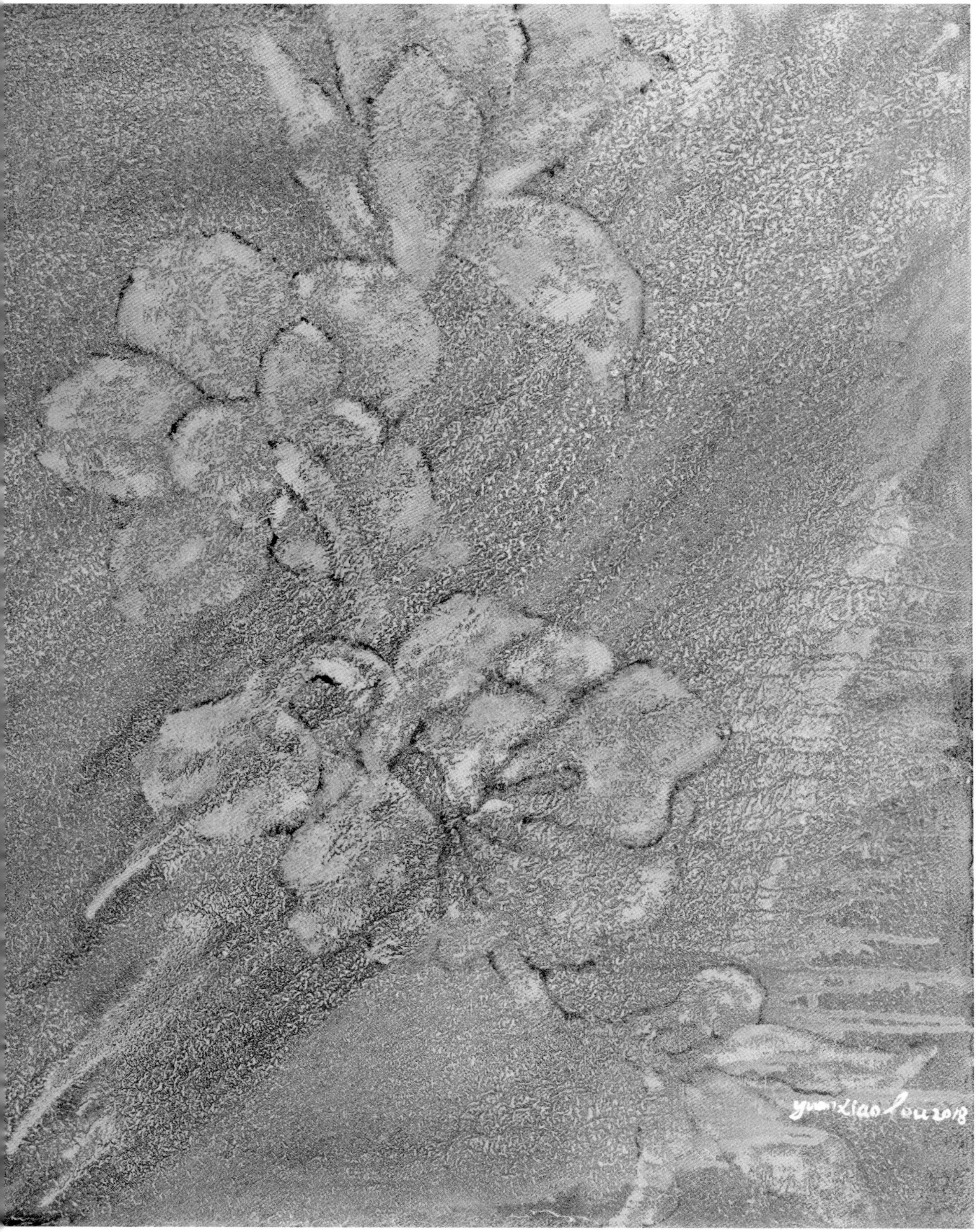
yuanLiaoLou 2018

小雪

万物失趣

初候，

虹藏不见。季春阳胜阴，故虹见；孟冬阴胜阳，故藏而不见。

二候，

天气上升，地气下降。

三候，

闭塞而成冬。阳气下藏地中，阴气闭固而成冬。

每年阳历的11月22日前后，太阳到达黄经240°时开始。

《月令七十二候集解》：“十月中，雨下而为寒气所薄，故凝而为雪。小者未盛之辞。”

朔风怒号，肆虐大地。路两侧的钻天杨被狂风刮得东倒西歪。天地肃杀，冻僵的土地在寒冷中沉睡。大河上冻，旷野没了生气。

朔风刮起漠野尘土，夹着破碎的残叶翻滚。躲在洞穴的田鼠，日渐耗尽深秋准备的食物，而冬还很漫长，且越来越寒冷，饥饿的田鼠出洞觅食。

雀鹰被饥饿驱使着，冒着寒从山崖飞落在田野的一棵树上。躲在树杈窝中的喜鹊，不时探出脑袋张望。

田鼠在朔风吹着翻滚的枯叶掩护下，蹿出地洞。

跑跑停停的田鼠，虽以枯叶作掩护，但还是被雀鹰和喜鹊看到。

田鼠挪动着肥胖的身子，张望着，前行着，觅食。见到一小块玉米棒上残留着几颗玉米粒，欢喜地跑了过去。一阵夹尘的朔风刮过，玉米棒滚动着，田鼠挪动着肥胖的身体在后面紧追着。玉米棒被土坷垃挡住。田鼠抓住了玉米棒，津津有味地享受美食。

雀鹰悄无声息地离开树枝，向着田鼠的方向飞了过来。喜鹊看见田鼠，从窝里飞出扑向田鼠。雀鹰和喜鹊几乎同时扑到。

一股更大的旋风刮了过来。田鼠和玉米棒夹杂着土坷垃、残叶一同卷起，飞去。雀鹰和喜鹊没能捕捉住田鼠，相互扑着，纠缠着，撕扯着。

旋风卷着田鼠、玉米棒、残叶在离雀鹰喜鹊互斗不远处散开。田鼠重重地摔在地上，挪动着肥胖的身子向洞穴逃窜。

雀鹰渐渐占了上风，就在它的利爪刺向喜鹊时，被一股旋风迷了眼。喜鹊忙不迭逃跑了。

旋风卷起草末过后，雀鹰睁开眼睛，不见了喜鹊的身影，只见田鼠挪动着肥胖的身子已接近洞口。

雀鹰怪叫一声，扑向田鼠。田鼠向洞穴紧逃。雀鹰扑空，前爪抓了一块土坷垃，环视四周，冲树林飞去。

朔风夹着枯叶碎石，旋去大河。

天空飘起小雪花。

小 雪

旌旗枯瑟朔风吹，

群岭寒烟鸟影稀。

旷野无秋声渐远，

钟楼风冷五更衣。

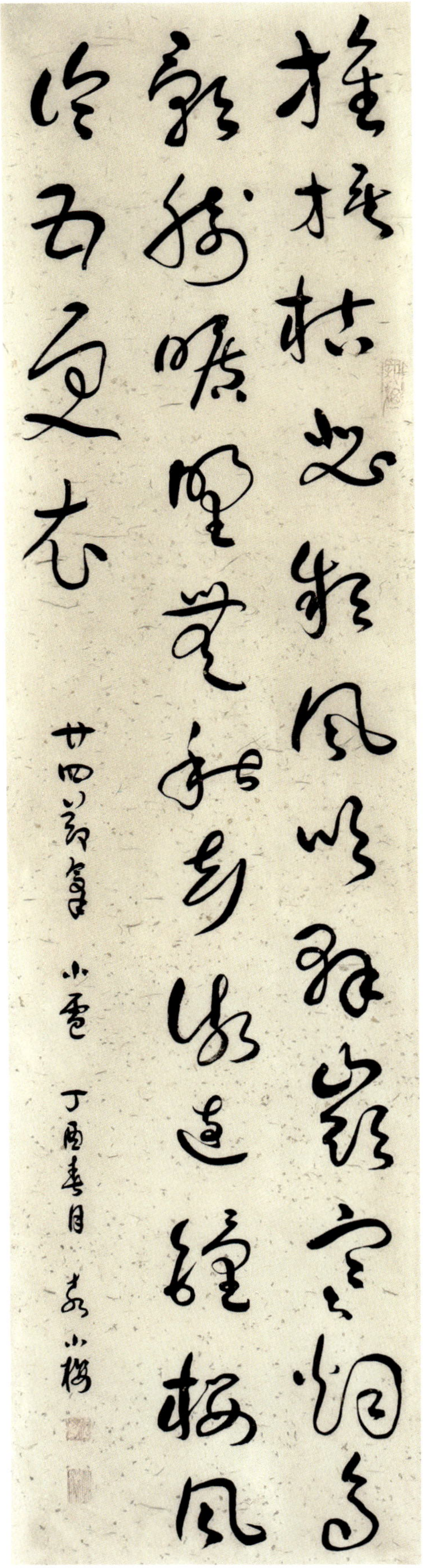

小雪

131cm×33.4cm　2017年

小 雪

丁酉年

十月初五日

宜理发塞穴

忌词讼行丧

虹藏不见

天气上升，地气下降

闭塞而成冬

小雪　灯笼花

100cm×80cm　2018年

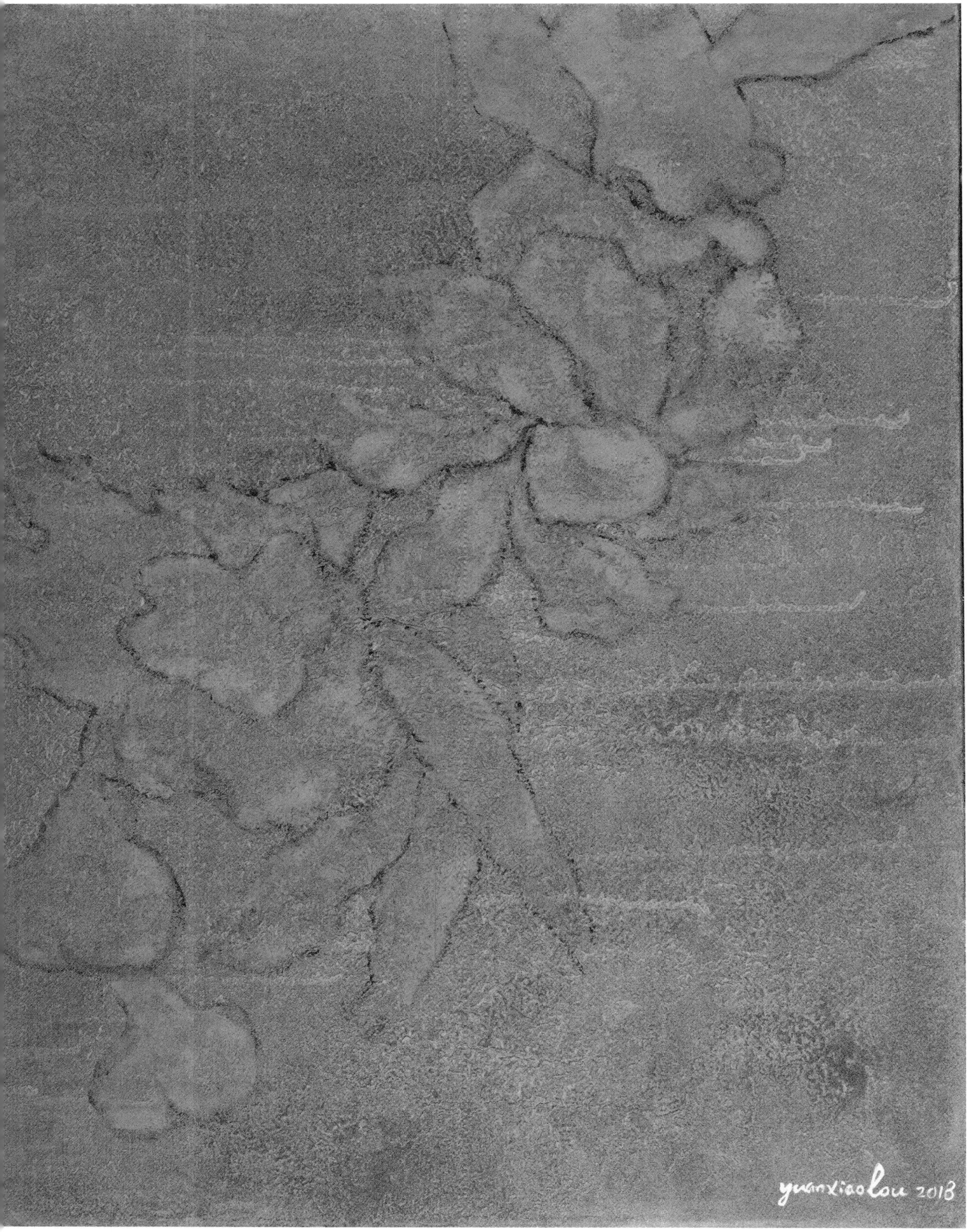
yuanxiaolou 2018

大雪

万物萌动

初候，

鹖鴠不鸣。鹖鴠，音曷旦，夜鸣求旦之鸟，亦名寒号虫，乃阴类而求阳者，兹得一阳之生，故不鸣矣。

二候，

虎始交。虎本阴类，感一阳而交也。

三候，

荔挺出。荔，一名马蔺，叶似蒲而小，根可为刷。

每年阳历的12月7日前后，太阳到达黄经255°时开始。《月令七十二候集解》：“十一月节，大者盛也。至此而雪盛矣。”

贺兰山颜色变得深暗。森林鲜有鸟鸣，只听朔风狂嘶，发出阵阵怒吼。

崖壁上的岩羊，雪中觅食，寻得几株裸露的草叶，刨开厚厚的积雪和冻土，吃着。

野山鸡扑棱棱地从一棵树飞到另一棵树上。偶尔碰到一块没被雪深埋，裸露在外的土地，啄食着没被松鼠、野猪吃干净的松子。

大雪季节是虎交配的季节。贺兰山是孤山，很多年前就不再见虎的踪迹，但从亿万年前人类遗存的岩画图腾中，可清晰地得知，这里曾有老虎出没。

一只岩羊吃得渴了，从崖壁上蹦跳下来，向着山下泉湖奔跑而来。山下有一个较大的泉湖，山上所有的动物们都依赖此泉而存活。

寒冬早已封住了泉池的大部分。只有靠阳面的地方，没有被封住。动物们大多会在正午较暖时过来喝水。

岩羊是第一个到泉湖边的，随后而来的有野猪、鹿、山鸡等。泉湖不远处的一块岩石后躲着一头从后山刚跑过来的孤狼，似是草原狼。

贺兰山很多年没看见狼之类的凶猛动物，这头落单的孤狼，是来自贺兰山北面阿拉善戈壁滩上的草原狼。也许是从边境跑过来，饥肠辘辘地跑到贺兰山寻找食物，看到泉湖边喝水的动物们，躲在岩石后面。草原狼见岩羊全神贯注地喝着水，慢慢地靠了过来。

一只苍鹰盘旋在泉湖上空，看见躲在岩石后的草原狼，发出刺耳的警报。

正在喝水的岩羊听到苍鹰的叫声，警觉地四处张望。草原狼知道已败露行踪，便猛地扑向岩羊。

岩羊向着结冰的湖中跳去。苍鹰长鸣，向苍狼俯冲。草原狼扑向岩羊，惊得其他小动物们四散逃开。

岩羊在冰面上蹦蹦跳跳，转眼没了踪影。草原狼扑向湖冰，没能收住脚，向着湖边的森林滑去……

空中俯扑而下的苍鹰，复飞起盘旋。

天空变得暗了，飘飘洒洒地落雪，瞬间天地混沌。

大 雪

晶莹万象复回归，

孤野千山雪四飞。

远望琥珀情迷乱，

近观鹃鸥少言微。

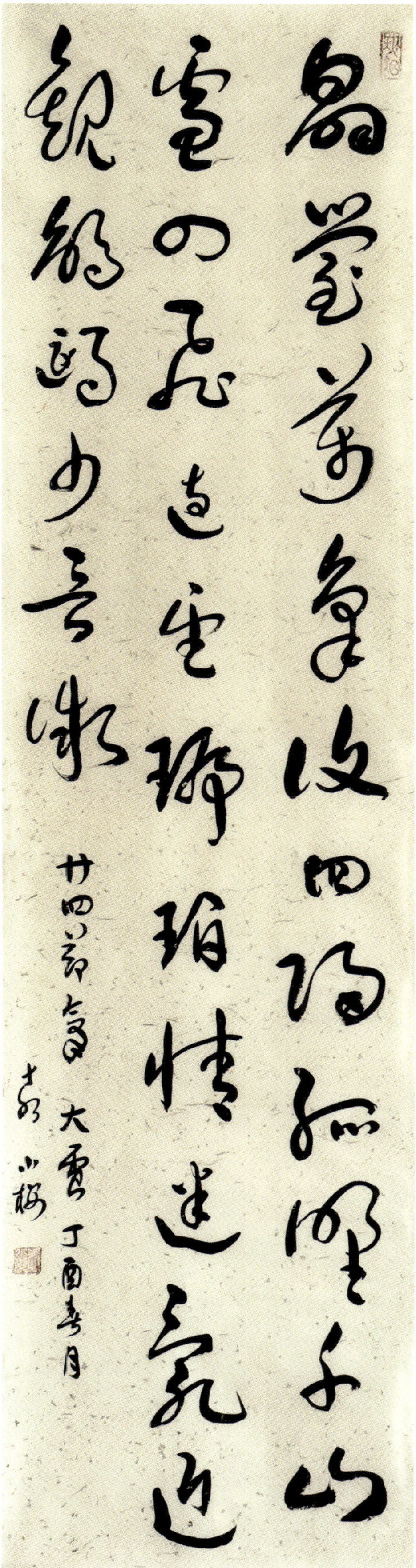

大雪

131cm×33.4cm　2017年

大 雪

丁酉年

十月二十日

宜祭祀会友

忌买田置业

鹖鴠不鸣

虎始交

荔挺出

大雪　紫荆花

100cm×80cm　2018年

yuanxiaolou 2018

附录

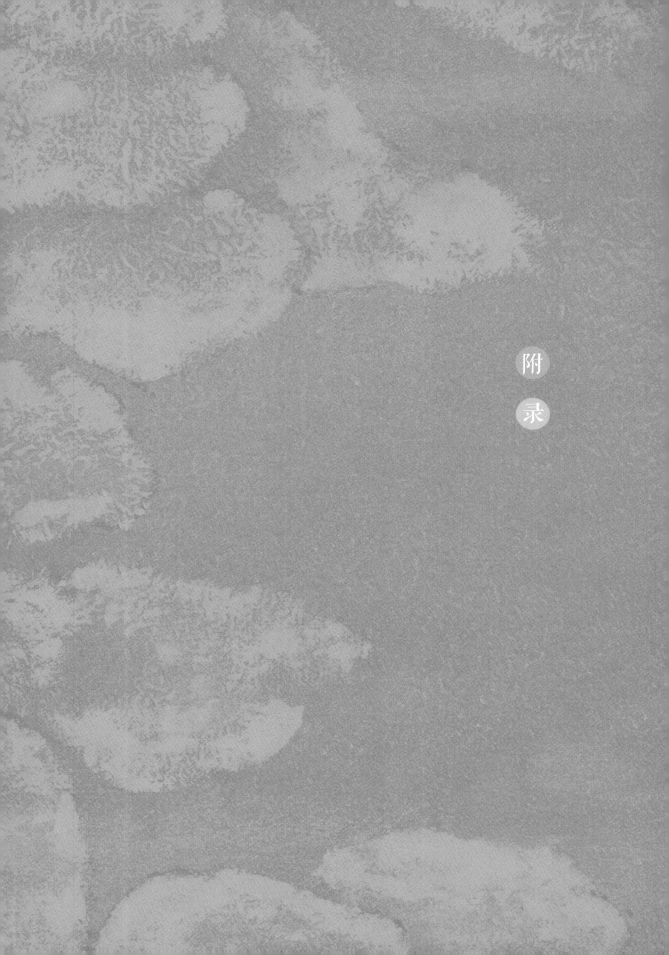

贺兰山岩画太阳神
与二十四节气的渊源

“驾长车，踏破贺兰山缺。”贺兰山因岳武穆《满江红》而闻名于世，后又因贺兰山岩画太阳神而远播世界。

贺兰山位于中国宁夏回族自治区东部，是与内蒙古阿拉善盟 、乌海市相接的界山。贺兰山绵亘250千米。据考古资料显示，早在旧石器时代晚期，贺兰山就有人类活动，从而留下了丰富的历史文化遗存。

岩画因孔儒之道，不被文人重视，视为非正统，一直没能引起世人足够的重视。岩画的最早记录是在公元6世纪初的北魏时期，著名的地理学家郦道元在《水经注》中记录了贺兰山岩画，且涉及甘肃、山西、湖北等黄河、长江流域广大地区，并对中国古代的神话传统与岩画之间的关系加以考证论述。

贺兰山岩画丰富内容数量之多，单体种类多且复杂，属国内罕见。也正是上古先民们刻绘的岩画创造了原始文化之美，创造的艺术珍品，记录了上古人类的自然生态以及生产生活方式，反映了社会形态、生活习俗和宗教信仰，为

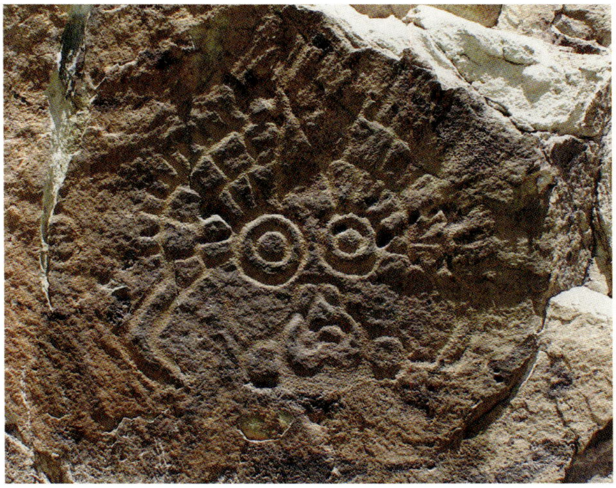

图1　太阳神岩画

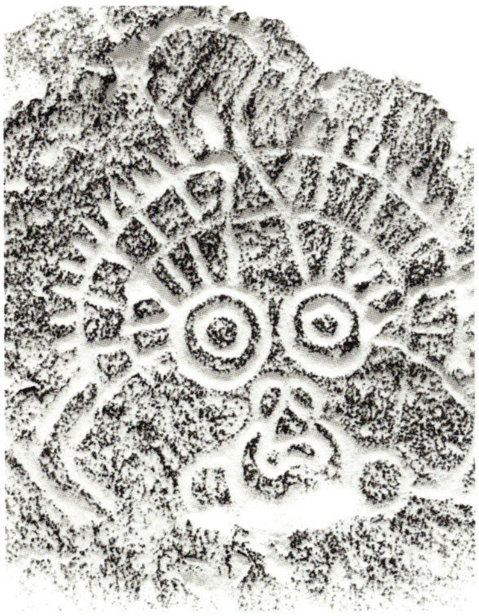

图2　太阳神岩画拓片

后世研究岩画提供了珍贵的实证，史料的佐证。特别是位于贺兰山沟内北山崖壁，距离谷底大约30米高处磨刻的一幅宽54厘米、长50厘米的人面像，正是驰名中外，威严神圣，有王者风范的太阳神岩画（见图1、图2）。

01

岩画是上古人类的作品，是一种原始文化遗存，是没有文字的洪荒时代远古人类反映思想观念，表达内心交流情感，表达艺术素质和审美情趣的直接手段，特别是对神灵对自然的敬畏与崇拜的最为直接的表达形式。

原始艺术大多为祭祀而作，宗教是人类意识发展到一定阶段的产物，其主要思想基础是相信万物有灵，灵魂不死。这种万物有灵观念渗透到上古先民最初的思想里。上古先民认为，除了现实世界之外，还一定有一个虚幻的神灵世界存在。所有的事件都取决于看不见的神秘力量。因此，便产生了对自然现象或动物、植物的神化，并求神灵庇护，帮助他们捕获赖以生存的野兽，护佑他们生活、生存、繁衍、发展。

上古先民将女人生孩子，狩猎成功，自然中水草丰茂都归功于上苍的恩赐，上苍即天。太阳高居于天体之上，孕育生命主宰万物，具有不可侵犯的威严的力量。他们把一年中严寒酷暑、风雨雷电、季节的变化都归于太阳的能量，因此就有了敬畏天地，崇拜太阳的行为。

崇拜太阳，本就是一个世界性的文化现象。几乎太阳照耀的每个角落都会有崇拜太阳的人。上古先民敬畏太阳，观察太阳，他们意识到万物皆由太阳创造而来。认为宇宙天地先有了太阳，而后有了人、飞禽走兽，有了万物生灵。上古先民在物质世界所知的最为尊贵、最为完善的力量与仁慈的象征就是作为全能者的太阳。它是宇宙光明的源泉，是万物生死的主宰。它赋予大地上所有的生灵以生命。太阳正是整个自然的君主和统治者，因此先民们对苍天，对太阳充满无比的虔诚与敬畏。

宗教学者廷德尔认为，太阳是终极和唯一的力量源泉，其他所有的能，无不源于此。它驾驭大气中所有的蒸汽，把它们引向高空凝成雨雪。潮汐、风的威力、树林和植物的生长、动物生命的维持，无不源于太阳。它是万物生机的本源。

太阳（Sun）原始语义为：生殖者。这就意味着世间万物，生死均由太阳掌管，也使得上古先民从季节变化中知晓了太阳的力量。他们看到太阳不仅可以使原野郁郁葱葱，也可以使苍天大地绚丽多彩，还可以使大地寒冷萧肃，植物枯黄。

神秘主义宗教学家杰克伯·鲍姆在评论“把太阳当作自然生命之核心”时

说：神性，神光是所有生命的核心，这个世界有位特殊的自然神，即太阳。它从上帝之火中，而后又从上帝之光获得了自己的存在。所以太阳能够把力量赋予地球的各种自然力，各种生物及各种产物。

在宇宙的一切光明中，无疑享有最尊贵的地位，对于宇宙中太阳神的崇拜，是人类在远古时代，当原始宗教观念初发时期，普通存在于世界上许多民族中的一种引人注目的宗教文化现象。在印度最古老的婆罗门圣诗《梨俱吠陀》中就有赞美伟大的太阳之神的记载："太阳神呵，你以光明普照众生之地。"

根据岩画图腾出现的历史考证、研究，我们也可推测，在中国上古时代，曾经存在过以崇拜和敬奉太阳为主神的原始宗教。《礼记·郊特牲》载："郊之祭也，迎长日之至也，大报天而主日也。"

郑玄的注文指出："天之神，日为尊——以日为百神之王。"

孔颖达的注疏中说："天之诸神，莫大于日。祭诸神之时，日居群神之首，故云日为尊也。""天之诸神，唯日为尊，故此祭者，日为诸神之主，故云主日也。"

《左传·桓公十七年》："天子有日官，诸侯有日御。日官居卿以底日，礼也。"

直接记载日神崇拜的最早文字记录是《殷墟卜辞》中，郭沫若先生根据《卜辞》材料断定殷商人每天早晚均有迎日出、送日入的礼拜仪式。远古典籍中对这一仪式只留下一些非常模糊和零碎的记载，但在岩画中的太阳神岩画图腾可以证明上古先民对太阳神的崇拜。

02

中国境内有大量有关太阳崇拜的岩画遗迹，特别是在北方岩画中出现了与太阳神有关或类似的太阳神岩画。云南沧源岩画、四川珙县麻塘坝岩画、内蒙古阴山岩画、青海海西岩画、广西花山岩画等都出现了类似的图案。以岩画的形式表现太阳神，归类在人面像的岩画中，是自然崇拜类人面像岩画中的一种类型。这类表现太阳神形象的岩画，最早发现于俄罗斯境内乌苏里江流域和黑龙江沿岸的岩画分布点上。太阳神岩画出现的地方不同，但都有一个共同的特点，就是有人的面部特征，头顶或头型轮廓外有一条条长短不一的刻槽，外部形象又像是一轮光芒四射的太阳。

无论是内蒙古阴山岩画，还是江苏将军崖岩画；无论是广西花山岩画，还是宁夏贺兰山岩画，从其面部形象，均为正面且刻画有人像的五官；从其外部轮廓看，都有从头型轮廓向外射出的线槽，表示太阳光芒。

这种岩画图腾中太阳的形象，是一种具有人和太阳特征的神灵形象。既有太阳放射光芒一般的线条，又具有人的特征，表情威严，直接唤起人对神灵的敬畏与崇拜。

特别是位于贺兰山贺兰口沟内北山壁上被尊为太阳神的岩画，神形兼备，栩栩如生。无论太阳光芒线条，还是面部五官，无不透着一种威严与神秘。岩画环眼圆睁，光芒四射，传递着王者风范，给人一种无比强大的震慑力。让人肃然起敬，对看久了感觉有种神秘的力量引导着，不自觉地就想一探究竟，产生敬畏之情。

贺兰山太阳神岩画，面部呈圆形，重环双眼，双重睫毛，神态自若，威严神武，双目炯炯有神，有令天下之势的王者风范。头部刻有羽冠饰物，共分为三圈。外部刻有一个圆圈，圆圈上刻有繁复的射线，似光芒且以冠分为两段，各为12条长短线。中圈刻绘12条射线，亦是以冠为中心各为6条线，内圈为人面部五冠。

03

上古华夏文明就是以太阳神为中心，几乎太阳照耀的每个地方，都被创造出敬慕者。上古先民把太阳封神祭拜，是为求上苍护佑，多狩猎，人丁兴旺，水草丰茂。福佑他们的正是至高无上的太阳，并以部族有威望头领就是太阳神的授命，是代表太阳在地上行使权力。中国的帝王所住的王宫叫“明堂”，实行十二月导循异室的轮居制，也是对太阳神的模仿。头戴王冠，是权力的象征，也正是太阳光照射的羽冠状头饰。按照高嵩先生的理论，太阳神岩画图腾均属上古华夏文明始祖三皇五帝及中华文字，判定岩画的似人像是上古华夏祭祀活动中的神主。

破释贺兰山岩画绝不像猜谜一样靠运气。贺兰山岩画是一个符号矩阵系统。对于它，可以用高级密码系统来比拟。对每个符号的解释，都必须遵循岩画学系统固有的同一律、矛盾律和排中律。高嵩先生猜想上古华夏文明的秘密都系统地隐藏在贺兰山岩画中，且经过逐图释意，分析出最为原始的证据“华不注时代华族古帝谱系”……华不注符号遍布全世界，也应了贺兰山太阳神的具象形象的出处（只代表高先生个人观点）。

上古华夏太阳神称谓较多，其中之一叫“太昊”。《中国古代宗教与神话考》载：“其壑于八区，是谓太昊，而昊字，从日而天。”昊者，明也，

“昊”正是头顶太阳的大人（神）。

中国神话中的太阳神就是伏羲，皇甫谧《帝王世纪》载：“太昊帝庖牺氏……继天而王，首德于木，为百王帝。帝出于震，未有所因。故位在东方。主春，象日之明，是称太昊。”

张舜徽《郑学丛著·演释名》曾指出，《易经》中“帝出于震”一名，“帝”指太阳。

对于崇拜太阳神的部落，也许来源于同一祖系，也许并非来源于同一祖系，但他们都把太阳神看作自身的始祖神，并且其酋长常以太阳神命名。因此，贺兰山岩画太阳神出现王冠和人面正是上古先民敬畏天地、崇拜太阳神的原始性体现。

此外，岩画太阳神分内外三圈，内圈双环眼短眉，线条各为6根，中间圈长短射线为12根，而外圈射线为24根，且以羽冠为中心左右各12根长短射线。暗合一年12个月，以阴阳两气划分为上半年冬至（一阳生）至下半年夏至（一阴生），上半年和下半年各为12个节气，共分为24个节气。以羽冠左右各半，即上半年和下半年，也正应了阴阳学说和古老的太阴历。

04

以太阳神为中心的光明崇拜，不仅构成了上古华夏先民对上古图腾宗教的基础观念，而且也是对于后世文化影响至深至远的中国古老哲学——阴阳五行学说的出发点。虽然阴阳五行学说形成于周秦汉之际，但这一基本观念早已孕育在中国上古先民崇拜太阳神的母腹之中。近代梁启超仅据《国语》片段书语认为阴阳观念晚于春秋战国之际。实际阴阳之观念贯于《易经》，可以相信早在伏羲时代即已发生。在上古先民意识中，宇宙神乃由单一的太阳神与自然相结合产生了象征阳的十个天干纪日和象征阴的十二个地支纪日、纪岁的二元观念，正是阴阳学说之滥觞。

特别是上古先民的五行之历和十月之说（十月历，据陈久金、卢央、刘尧汉著《彝族天文学史》载：一月三十六天，一年十个月，另外五六天过年日，一年共三百六十五天）。上古先民对太阳每日东升西落、春生夏长、秋枯冬寒周期的观察产生朴素的太阳神概念，必然产生对太阳神的敬畏，也就有了五行之说。所谓五季，即五行历法。五行之历，以金、木、水、火、土五气之行划分为五季（失传于后汉）。

此外，关于历法变革与著名神话后羿射日分不开。羿何许人？《天问》载："帝降夷羿，革孽夏民。"《左传·襄公四年》载："昔有夏之方衰也，后羿自钼迁于穷石，因夏民以代夏政。"虽后羿射日是神话，实际上却隐藏着一个深刻的文化隐义——历法变革。

《左传·昭公五年》载："日之数十，故有十时，亦当十位。""天有十日"，这表明"十日"与"十时"有关。天上并没有十个太阳，但却有以十个月数的计时制度。也就是说，上古时代把一年的周期，划分为十个等分，或者说划分为十个太阳"月"。然后每月用十天干中的一个字为其命名，如甲月、乙月、丙月、丁月……癸月，十天干轮完，即过一年，一年三百六十五天，略分为十份，即每月三十六天，余五天作闰，周而复始。

十月历，重新分作十二个月，每个月的天数根据月亮的圆缺循环来确定。

因此每月便有了三十天。废止了每年十“日”轮流值月的办法，也正是“上射十日”。从此上古先民把太阳神一分为二。演化为日神与月神的常仪，也正是阴阳二气。

但由于十月历的误差不断累积的结果，就必定在某一年造成历法的全面混乱。按原有十月历的预告寒季变成暑季，暑季变作寒季。这种颠倒的结果就很自然地转化成一种新的意象：十日并出，焦禾稼，杀草木，民无所食，也就产生了后羿射日的著名神话。实际上暗示了一场重大的历法变革。

此外，上古先民认为太阳和季风的形成变化，东风来时，春季降临，万物复醒；西风来临，秋季降临，万物熟透而始衰败，肃杀；南风降临，雨随暑而至，万物兴盛长旺；北风临时，寒随风到，冬季来临，万物伏敛。酷暑无风则为盛夏，亦称之为长夏，焦土为象。

上古先民早已知道，不仅日夜划分，而且四季的形成变化都是由太阳决定的。这种天文知识，实际也正是形成太阳神的宇宙至上神观念和对太阳神崇拜的宗教意识。另外，上古先民早已知道四季转换中风与风向的变化是一个最为明显的征兆，所以上古先民们把风看作太阳的使者也就合理了。

其后即进入上古华夏历法上一个多元化发展的革新时期，作为季节历法定位坐标的所谓“辰星”，亦呈现为不仅存日、月，且包括北斗、大火及水星等多种恒星、行星的非常多元的坐标系统，也就有了流传至今的五日为一候，三候为一节，六节为一季，四季为一岁的四时二十四节气之说。

贺兰山太阳神外圈二十四条射线，以羽冠对分，各十二条射线也合了阴阳之数：天为阳，地为阴；日为阳，月为阴。外张为阳，内缩为阴。上古先民观察明白，便将一年分割为冬至到夏至的上半年和夏至到冬至的下半年。上半年为阳，下半年为阴，夏至刚好过半，即阳极阴生（一阴生）。冬至对应夏至，即阴极阳生（一阳生）。夏至和冬至平分道圈，就形成了一分为二的阴阳之道。

岩画中的太阳神图腾由人面符号和射线组成一个完整的太阳神图腾崇拜。这种独特的符号作为上古先民意识文化与符号标志，传递的信息似乎不仅限于表象。岩画的博大精深和无穷魅力就在于它的深层内涵和复杂的符号。岩画图腾深邃的含义，唯美的图形，拙朴的线条，谱成人与自然最动人心弦的篇章。

参考文献

[1]邓福星主编：《中国美术史（原始卷）》，齐鲁书社、明天出版社1992年版。
[2]牛达生、许成：《贺兰山文物古迹考察与研究》，宁夏人民出版社1988年版。
[3]周兴华编著：《中卫岩画》，宁夏人民出版社1991年版。
[4]何新：《诸神的起源》，北京工业大学出版社2007年版。
[5]高嵩、高原：《岩画中的文字和文字中的历史》，宁夏人民出版社2007年版。
[6]贺吉德著，丁玉芳整理：《贺兰山岩画百题》，黄河出版传媒集团、阳光出版社2012年版。

后记

凡著书立学者，似都要作序写跋，或请尊师好友，或请大家前辈代而为之，皆是为其著作增光添彩。

《生》一书琢磨久矣，总以太忙推拖，其实懒散，不求上进，一而再，再而三地一拖再拖。认为年轻，时间尚宽，如此这般，一拖数年。

某日与儿共午餐，试与其交流，数次皆无言而终，更是不晓以何为题。今儿已是翩翩少年，反使我开始怀疑老矣？怎会与儿无同语？思量久许，似是明白，岁月流失，时不我予。

想我浪荡半生，自视才识过人，偶遇汪刚兄，坐席问道江湖，汪兄曰：人情世故也。又思夫子云：志于道，据于德，依于仁，游于艺。忽觉顿悟，弃杂琐事，悟道修德，攻于绘画，潜习书道，深解文字，研读岩画。

故于2016年创作《生》。以节气时令绘制二十四幅油画，胡诌二十四首所谓七言诗。复思，又编二十四篇故事性散文。于是乎，扬扬自得。某日邀三五好友饮酒话江湖。微醉，大放厥词，无我不能……开怀畅饮，烂醉不识归家路，大睡三日不醒，复醒以为重生，心中懊悔，面壁悔悟，以为清楚，复又重写，另增补节气赋。

历数月余，初稿成，忽觉生命流逝，元气消耗，回想亚军兄善言：放下琐事，专攻一事。以画为主，文字辅之。故思，人生苦短，能留痕迹为佳，无论诗词字画，只作记录，此生不留遗憾。

真诚感谢张嵩先生不吝赐教，修正节气诗。

借《生》感谢多年来不离不弃陪吾爱妻杨晔。

感谢发明互联网的聪明者，帮我节省时间，查找资料、阅读、消化后，东拼西凑，形成所谓自我风格的美文。

感谢自己，在浮躁的尘世里能够静下心来，写上一段文字，说一段心里话。甚安！

特此感谢黄山飞天旅游投资有限公司董事长祝樟明先生赞助出版。

谨以此书献给爱中华文化的友人们！

丙申年腊月写于银川凌烟阁

图书在版编目（CIP）数据

生 / 袁小楼著. -- 北京 : 文化艺术出版社, 2020.12
ISBN 978-7-5039-6991-1

Ⅰ. ①生… Ⅱ. ①袁… Ⅲ. ①文艺—作品综合集—中国—当代 Ⅳ. ①I217.2

中国版本图书馆CIP数据核字(2020)第202304号

生

Live Nature

著　　者　袁小楼
责任编辑　魏　硕
责任校对　董　斌
书籍设计　顾　紫
出版发行　文化藝術出版社
地　　址　北京市东城区东四八条52号　（100700）
网　　址　www.caaph.com
电子邮箱　s@caaph.com
电　　话　（010）84057666（总编室）　84057667（办公室）
　　　　　84057696—84057699（发行部）
传　　真　（010）84057660（总编室）　84057670（办公室）
　　　　　84057690（发行部）
经　　销　新华书店
印　　刷　中煤（北京）印务有限公司
版　　次　2020年12月第1版
印　　次　2020年12月第1次印刷
印　　张　11.25
字　　数　40千字，图55幅
开　　本　787毫米 × 1092 毫米　1/16
书　　号　ISBN 978-7-5039-6991-1
定　　价　198.00元